JN274466

［ポイエーシス叢書］
51.

# メタフラシス

ヘルダーリンの演劇　Métaphrasis : Le théâtre de Hölderlin

フィリップ・ラクー＝ラバルト　Philippe Lacoue-Labarthe
高橋透・吉田はるみ 訳

未來社

Philippe Lacoue-Labarthe:
*Métaphrasis* suivi de *Le théâtre de Hölderlin*
Copyright © Presses Universitaires de France, 1998
« Introduction » in Friedrich Hölderlin, *Hymnes, élégies et autres poèmes*,
Copyright © Flammarion, 1983
This book is published in Japan by arrangement
with Presses Universitaires de France/Flammarion
through le Bureau des Copyrights Français, Tokyo.

# 目次

## ■凡例

一　本書は、Philippe Lacoue-Labarthe, *Métaphrasis* suivi de *Le théâtre de Hölderlin*, Paris, Presses Universitaires de France, 1998 の全訳、および Friedrich Hölderlin, *Hymnes, Élégies et autres poèmes*, Paris, Flammarion, 1983 所収のPhilippe Lacoue-Labarthe, « Introduction » の部分の全訳である。

二　必要と思われる箇所について、読者の便宜を図る意味で、原語を（　）で補った。

三　〔　〕は、訳者の補足（訳語の提示やダブルミーニング、あるいは該当語句に相当するドイツ語など）を示す。

四　［　］は、ラクー＝ラバルト自身による補足（引用文中の補足など）を示す。

五　原文イタリック体の箇所について。フランス語の単語の場合は、ゴチック体にした。フランス語にとっての外来語（ドイツ語、ギリシア語など）は、そのままの活字。ただし、原語を付すさいは、いずれの場合もイタリック体にしてある。

六　原語の表記について。ドイツ語は、現代表記に統一した。また、ギリシア語のローマ字母転記については、綴字はラクー＝ラバルトの原著にしたがい、強勢符号はあらたに付け直した。

七　原文中、大文字で始まる語は、原則として〈　〉で示した。

八　原註は☆、訳註は★で示し、本文のうしろにまとめて掲出した。

# メタフラシス——ヘルダーリンの演劇

装幀——戸田ツトム

# 序文

高橋透訳

この小冊子を構成している二篇のテクスト——二つの講演——は、実のところ、ソフォクレスの『僭主オイディプス』を、ヘルダーリンが提示したヴァージョンで舞台上演するための準備にあてた「ドラマトゥルギー」——この語のドイツ語の意味〔＝作劇法〕における——の仕事から抜きだされたものである。

二十余年まえ、ジャン＝ピエール・ヴァンサンがストラスブール国立劇場で彼のまわりに集めていた「グループ」（彼らは演出家、作劇家、作家、哲学者、歴史家、画家、造形作家である）の、当時一員であったミッシェル・ドゥチュの要請で、わたしは、『アンティゴネー』のヘルダーリンによる翻訳〔独訳〕の翻訳〔仏訳〕をすでに企てていた。『アンティゴネー』のこの翻訳は、一九七八年と一九七九年の二回、同劇場の常設劇団によって上演されることになった。[☆1] この機会にわたしは、是非とも必要であったので、ヘルダーリンの「詩論的」と呼ばれる重要な諸テクスト——当然ながらソフォクレスへの『注解』をはじめとして——の体系的読解に着手した。これらの幾ページかのテクストはきわめて謎めいたものであって、実際のところ、一九六五年に初めてフランスでその翻訳[☆2]が出版されて以来、わたしに「取りついて」やまなかった。（ミッシェル・ドゥチュはこのことを充分に知っていた。そうしたわけで、ヘルダーリンの翻訳——お望みならば括弧つきの「翻訳」——のうち〔『オイディプス』か『アンティゴネー』の〕いずれかを劇場であえて試みてみようと彼が思いついたとき、彼はわたしに声をかけてきたのだ。）そのうえ、わたしは二年以上のあいだ、ヘルダーリンのそれらのテクストに自分の講義の大半を費やしていたし、状況に押されて、初の哲学的解釈を提起しようと試みていた。二篇のテクスト——二つの講演——はいまもなお、この解釈の証拠となっている。☆3

今日は——今回は『オイディプス』が対象なのであるが——ストラスブール国立劇場の現所長ジャン＝ルイ・マルティネリの招きに応じることになった。次期アヴィニョン演劇祭でのわれわれの仕事の発表まであと数ヶ月である。このプロジェクトに着手したほぼ二年まえから、わたしは、前回と同様に、ヘルダーリンの翻訳を（再）翻訳し（これは実際、少しまえの言い方をすれば「リライト」である）☆4、解釈にかかわる作業にふたたび取りかかった。けれども、以上の二つの経験を隔てる二十年のあいだに、以下に読まれるテクスト〔「メタフラシス」と「ヘルダーリンの演劇」〕の基礎となりその内容を説明している少なくとも二つの理由によって、ヘルダーリンの演劇に対するわたしのアプローチは、著しく、そして必然的に変化せざるをえなかった。

第一の理由。『アンティゴネー』の上演、「舞台」およびテクスト朗読法のテスト、俳優たちとの作業、要するに演技の駄目だし（これは厳しいものだ）によって、ヘルダーリンは演劇とは何かを知っていたということが、わたしには一挙に明らかになった。彼の「翻訳」は朗唱用の詩ではまったくないし、彼の『注解』は作劇法上きわめて精密なものなのである。彼が自分の『エンペドクレス』でなしとげることのできなかったもの——とはいえ、そのいくつかのシーンは（ダニエル・ユイレとジャン＝マリ・ストローブ[★1]の映画ヴァージョンがその証左となっているように）否むべくもない演劇的な威力をもっている——、それを彼は、ソフォクレスを練りあげ直すこと、すなわち復元することで実現したのである。一九二〇年代から三〇年代のドイツで国家《ナ》社会主義《チ》がヘルダーリンを「発見」した際に、彼らのヘルダーリン悪用が演劇という点で何を産み出しえたのかはわからない。俗悪さの記念碑である、カール・オルフの舞台音楽から間接的に判断すれば、それは最悪であったと想像できる。けれども、政治的「修正」への関心をすべて度外視して言えば、ブレヒト（『アンティゴネー』[★2]）が、そして次にハイナー・ミュラー（『オイディプス』[★3]）が、なぜヘルダーリンのテクストに向かったのかが、わたしにはよく理解できる。それは、彼らがそこに、古代の悲劇的なものの、本当に**近代的な**、唯一とは言わないまでも、数少ないヴァージョンのひとつを明白に見てとったからである。

第二の理由。長期にわたる、根気を要する哲学的作業の結果、われわれの「ヘルダーリンへのアプローチ」においてハイデガーの注釈が恐るべき障害となっていることを確信したという事情がある。——とはいえハイデガーの注釈がなければ、ベンヤミン（アドルノ、ペーター・ソンディ）によって開かれた伝統にもかかわらず、ヘルダーリンが**われわれにとって**現在そうであるものには決してならなかったであろうということには異論の余地がない。この注釈の政治的ないし原政治的 (archipolitique) な多元決定だけが問題になっているのではない。たとえそれが**哲学的には**絶対的に決定的なものであるにしても。(少しまえ、わたしはその分析の素描を描いた。[☆5] 近いうちにそれに立ち戻るつもりである。) いまの場合重大なのは、詩の字句にかかわる隠蔽による許しがたい神話-神学的収奪に加えて、ハイデガーが演劇一般に対して(『芸術作品の根源』の第二講演には次のように書かれている。「悲劇において問題となっているのは、上演でも実演でも［auf- und vorführen］なく、古い神々に対する新しい神々の闘いである」、と)、そしてとくにはヘルダーリンのソフォクレス解釈に対して向けた軽視である。たしかに場合によってはハイデガーは――(『ゲルマニア』についての講義におけるように) たいていはコンテクストから引き抜いてきた引用が問題にされているにすぎないにしても――、ヘルダーリンのソフォクレス解釈を参照してはいる。しかし『注解』そのものがわずかでも分析の対象となることは決してないし、ヘルダーリンの翻訳が要請されることも決してない(「この翻訳は、その詩的な性格にもかかわらず本質的なものには触れていない[★4]」、と『イスター』についての講義の付随的な指摘は断固とした口調で宣言している)。また一九三五年と一九四二年の〔講義における〕『アンティゴネー』や『オイディプス』への注釈もそれらに言及することは、一瞬たりともない。あたかもヘルダーリンのソフォクレスは――たとえば彼のピンダロスとは違って――、存在しないかのようである。さらにはここから、ベーダ・アレマンや〔ジャン・〕ボーフレを始めとする弟子や注釈者たちの困惑が生じているのである。事実上ヘルダーリンを尊重しない読解の網に、ヘルダーリンの解釈を従わせようとするのは、ほとんど容易なことではないのだ。そしてまた、そこから、ヘルダーリンの演劇そのものに対して今日みられる無関心も生じているのである。

　ここに集めた二篇のテクストにはしたがって、ひとつの願望しかない。すなわち、現在進行中の作業にもとづき、また**実践的な**関心にしたがって、この**演劇**の再評価を素描することである。まだなすべきことは多くある。けれども、もしもギリシア悲劇への、ということは実際上われわれの演劇の起源への思弁的な支配に対して、ヘルダーリンがいわばアナクロニックな仕方で取ることのできた距離――ほかのものとは比較にならないと思われる――の重要性を認識し始めるならば、一歩は進められたとおそらく言えるであろう。悲劇の、わたしが思弁的と形容している解釈が、ヘーゲルとシェリングからヴァーグナーとニーチェを経由してハイデガーにいたるまで、どのような美学的な、政治的な、哲学的な効果を産み出しえたかを知っているならば、ひとは争点を垣間見るであろうと思うし、またそう期待する。いまだにそして相変わらず「未決の」ままの、**現代性**《モデルニテ》という争点を。

# メタフラシス

高橋透訳

メタフラシス (*metáphrasis*) は、古典ギリシア語（比較的後期のギリシア語においてではあるが。典拠の大部分はプルタルコスにさかのぼる）で、翻訳を意味する。ちなみに、この意味は、現代ギリシア語——綴り字上の軽い変化［***metáphrase***］を被ってはいるが——においても保持されている。しかし、メタ (*metá*) という前置詞の多義性にしたがって、それとは異なるもろもろの意味がこの語には与えられている。たとえば、ギリシア語から借用したほかの語である「パラフレーズ (paraphrase)」や、ラテン語に由来する「説明 (explication)」によって、われわれが表現しているような意味である。メタフラゼイン (*metaphrázein*) とは「新しい語によって表現すること」、あるいは一般的には、「〜のあとから、〜につづいて話す」ことである。そしてこの同じ動詞が、中動態[★1]では——今度は、もっと古い用法においてであり、バイイとリドル＝スコットは『イリアス』にこの用法が現われていることを指摘している——「あとで熟考する。よく考える。熟考したあとで検討する」を意味する。

わたしのここでの意図は、ヘルダーリンが一八〇三年から一八〇四年ごろ、彼の精神錯乱 (*Umnachtung*) の前夜に手がけるにいたった、ソフォクレスの『〔僭主〕オイディプス〔*Oidípous*

*Túrannos*〕』——彼は「翻訳」しようとしているわけではまったくないので、〔字句通りに〕『僭主オイディプス（*Œdipe le tyran*〔ヘルダーリン訳の題名は *Ödipus Der Tyrann*〕）』としているが、しかし、こうした要素間の平行移動[☆1]にとどめたのは彼ひとりではない——の翻訳と解釈の仕事に言及することにある。したがって、わたしは、メタフラシス（*métaphrase*）に与える[★2]ことができ、ヘルダーリンの企てが問題であるかぎり適切であると言わねばならないあらゆる意味を、当然ながら心にとどめておきたい。

さて、アリストテレスの解釈に発する哲学の長い伝統が、**メタ**という前置詞を〔アリストテレスとは〕違った仕方で思考するようにわれわれに教えてきたことを知らない者はいない[★3]。思弁的思考固有の企みをその最高のねらいにおいて言い表わすために、ひとは**形而上学**という概念をつくったし、カント以来それをみずからに課してきた。この前提となっていたのは、ひとが、「メタ」という語において、***trans***〔超えて〕、***super*** ないし ***supra***〔上に〕、ひいては（ボードレールの言葉である surnaturel〔超自然的なるもの〕、surnaturalisme〔超自然主義〕[★4]、あるいは surréalisme〔シュールレアリズム〕に見られるような意味での）***sur***〔上に・上位に〕、***au-delà*** ないし ***par-delà***〔超過して・過剰に〕を、いわば一緒くたに[★5]理解しているということである。このことは、ギリシア語のメタフォラ（*metaphorá*）の、トランスポール〔恍惚（transport）〕というフランス語訳（ヘルダーリンはこれをフランス語のままもちいている）においても見てとれるし[★6]、またトランスポールという語の、最も古いと同時に、今日では最も月並な用法〔輸送、移送〕においても見てとることができる。（哲学による〔「メタ」という語の〕誤った解釈は最近のものではない。それは、おそらくアヴェロエスに発し、トマス・アクィナスが、アリストテレスの書の〔タ・メタ・タ・フュシカという〕表題を「翻訳し」、自然の上にあるものの学、つまり神的事柄 (*res divinae*) の学を言い表わすために、「トランスフュシカ (*transphysica*)」という語をつくったのである）。以上のようなわけで、ヘルダーリンの試み、すなわちソフォクレス（あるいはギリシア人一般）を「**超－文《フラーズ》－化** (*sur-phraser*)」しようとする絶望的で、究極的には理解不可能な仕方を言い表わすためにわたしがもちいる「メタフラシス的なもの〔＝超－文《フラーズ》的なもの (le métaphrastique)〕」をも、「隠喩的なもの」や「形而上学的なもの」の崩壊――こうした崩壊は「メタフラシス的なもの」と不可分であり、「メタフラシス的なもの」を断罪し、倒壊させるのである――に含めていただきたい。（わたしは「超－文《フラーズ》－化する」と言った。途方もない表現であるが、これは演劇のジャルゴンで、俳優に対して「演技し過ぎている (surjouer)」、つまり（少しばかり）やり過ぎだと言うのに倣うものである。）

ともすれば西洋はフロイト以来、オイディプス的であり、そうしたものであることが判明したと言われる。これは、もしもオイディプスのうちに、ひとつの形姿［*Gestalt*］★7を、すなわち西洋が現代的人間性、つまり神学－政治的なものの崩壊以降の人間性を**刻印する** (*typer*) ために、かれこれ二世紀まえから打ち立てようと努めてきた形姿のうちで最も強力なもののひとつを認めるならば、おそらく正しいであろう。――ハイデガーはあるとき自己批判の形で、こうした形姿の明細書をつくった。超人と天使（彼はリルケを念頭に置いている）、労働者と兵士もしくは労働の兵士（彼はプロレタリアをつけ加えることもできたであろう）がこの明細書に入れられている[★8]——。そしてほかの形姿がすべて崩壊したとき、オイディプスという形姿は、それがわれわれの時代の能くしうる唯一の神話——と、ラカンは言っていた[★9]——に、すなわち原父 (*Urvater*) と原初の殺害の神話に結びつけられているだけに、ますます強力で、耐久性のあるものとなったのである。

しかしこのことを主張するとき、ひとは、西洋がずっと以前から自分自身を本質的に哲学的であると理解しているということ、そしてオイディプスが、その名前の可能な解釈（〔ギリシア語の〕*oîda*、つまり「わたしは見た」「わたしは知っている[★10]」）にしたがって、なによりもまず、知——この語の思弁的[★11]意味における——の形姿であったということをいささか性急に忘れている。すなわちオイディプスは、形而上学がその可能性において批判されるにせよ試されるにせよ、再構築されるにせよ転倒されるにせよ、超克（克服）されるにせよ制限されるにせよ、形而上学の英雄であったのだ。これは、思弁的観念論では自明であった。しかも、思弁的観念論にとって〔オイディプスの〕悲劇は、弁証法的存在論の第一の模範なのである。シェリングのオイディプスは、自由の否定そのものにおける自由の肯定である。ヘーゲルのオイディプスは、（スフィンクスという）岩に閉じ込められた東洋の謎の、自己意識における、そして自己意識としての止揚である[★12]。だが、このことは、オイディプスが最後の哲学者のメランコリックな神聖さを体現しているニーチェにおいても劣らず明らかである。[★13] またハイデガーにおいてさえも。彼はオイディプスのうちに、現象を仮象への頽落から救うためにギリシア的現存在 (*Dasein*) によっておこなわれる激しい闘いを見ているのだ。オイディプスのこのような哲学的形姿化を、わたしは他のところで分析しようとしたし、ジャン＝ジョゼフ・グーもまた彼の立場から分析を試みている。[☆2] それゆえ、ここではこの点は強調しない。

ただし、そしてこれがわたしの出発点なのだが、次のことを指摘したい。すなわちヘルダーリンは、そのような真にドイツ的な、より正確にはカント以降の伝統に、みずからを書き込んでいるし、また彼のオイディプスも、ひとつの形姿、西洋の（あるいは彼が言っていたように、「夕べの国の (hespérique)」）運命の形姿であり、そしてまさにこのゆえに彼のオイディプスは、いぜんとしてその名前の哲学的（神話的でも政治的でもない）解釈に則って知の形姿で——あるいは「超－知 (Sur-savoir)」の形姿でさえ——ある。要するに、ヘルダーリンのオイディプスは実際、形而－上学〔＝超－自然学 (méta-physique)〕的英雄である。たしかにそうではあるが、しかしヘルダーリンのオイディプスは、形而上学**の**英雄 (héros *de* la métaphysique) ではない。それは、形而上学の純然たる犠牲者なのである。

その理由は単純である。しかしそれは測り知れない差異をつくりだす。ヘルダーリンのオイディプスは**絶対的に有罪**なのである。

『教条主義と批判主義にかんする〔哲学的〕書簡』[★14] で一七九五年にシェリングの与えた開始以降

の——右に手早く示唆した——哲学的解釈のすべては、オイディプスのシナリオの、「無罪の有罪者 (coupable innocent)」という母型的撞着語法を論理的に、つまりこの場合は弁証法的に（ニーチェの場合も、さらにはおそらくハイデガーの場合も含めて）[☆3]形式化することを拠りどころにしている。有罪者としては、オイディプスは没落し、無罪な者としては勝利するのである。あるいはもっと正確に言えば、彼の運命である矛盾を受け入れることは精神の勝利を意味するのである。コロノスでの聖化はテーバイもしくはデルフォイの呪いの真理なのだ…… いずれにせよ、悲劇の思弁的解釈は傾向としてつねに、二〇年代の若いソヴィエト文学であえて「楽観的悲劇」と呼ばれていたものの方向に向かう。つまり、たんなる**ヒロイズム**の方向に。

ヘルダーリンでは、このようなことはまったくない。悲劇の筋に、さらにはアリストテレスが出来事の組み立て (*sústasis tôn pragmáton*) と呼んだもの[★15]に向けられる関心は、比較的表面的なものにとどまっている。いずれにせよ、悲劇的過ちはオイディプスの筋、筋立て、物語には本質的には結びつけられていない。それだけにますます、悲劇的過ちは深刻であり、悲劇的なのである。

ハマルティアー〔誤り (*hamartía*)〕とヒュブリス〔傲慢 (*húbris*)〕のあいだの昔から認められてきた区別をヘルダーリンは無視してはいないと、わたしは思うが、明らかに彼の関心を第一に惹いているのはヒュブリスである。というのも、ヒュブリスのなかにこそ悲劇的なものの本質の秘密が隠されているから。（ヘルダーリンはラテン語のネファース (*nefas*)[★16] をヒュブリスの意味にもちい、不敬虔、瀆神と解釈している。オイディプスは「ネファースに誘惑される」[★17]と、『注解』は言っている)。ペーター・ションディが彼の『悲劇的なものについての試論 (*Versuch über das Tragische*)』の冒頭[★18]で指摘しているように、ドイツ・ロマン主義とドイツ観念論の黎明までは、アリストテレス的伝統の路線のなかで悲劇的効果の解明に向けられた悲劇の詩学が存在していたが、シェリング以来、そうした詩学は悲劇的なものの哲学へと変貌をとげた。ヘルダーリンのソフォクレス解釈は――それに、エンペドクレスの運命を範にとって「近代の悲劇」を構築しようとする彼自身の試みも同様に――、悲劇的なものの本質のそのような探究、もしくは悲劇的なもののそうした哲学に属している。とはいえ、次のような違いがある。すなわち一八〇〇年ごろに開けつつあった道程においては、悲劇的なものとはヘルダーリンの目からすれば、哲学そのものにほかならないという違いである。もっと正確に言えば、悲劇的なものとは、カント式に言えば、形而上学的衝動そのもの、〈理性〉の衝動 (*Trieb*) なのである。わたしは先に、オイディプスは形而上学〔＝超自然学〕的英雄であるにしても、形而上学の英雄ではないと言った。というのも、悲劇的過ち、ヒュブリスとは、**形而上学の行き過ぎ** (*outrance*)、すなわちカントが確立ないし認知した人間の有限な条件の限界に対する侵犯 (transgression) にほかならないからである。わたしが先ほどあえて「超－知」と呼んだのは、このことである。「〔オイディプスは〕目がひとつ多すぎる」[★19]と、ヘルダーリンは非常に的確に言っている。

このことは、ヘルダーリンが二つの『注解』――ヘルダーリンはこれらの『注解』を、彼がソフォクレスを代表するものとして選んだ二つの悲劇の彼の翻訳（**メタ**‐フラシス（*metá-phrasis*））に添えているのだが――のそれぞれ第三部で提起している悲劇的なものの本質についての二つの定義から明解にわかることである。定義のひとつは、古代の悲劇的なもの（『アンティゴネー』）にかかわり、もうひとつは、近代の悲劇的なもの（『オイディプス』）にかかわっている。（これら二つの定義から分化ないし導出された、それら二つの悲劇の選択と扱いの背後には、歴史の哲学全体が、すなわち芸術史の哲学全体、つまりピュシス（*phúsis*）とテクネー（*tékhne*）――ルソーの用語では〈自然〉と〈文化〉――のあいだの関係史の哲学全体がひかえている。したがってミメーシス（*mímesis*）の歴史としての歴史哲学全体が存在しているのだ。わたしはほかのところでその分析をも試みたが、ここでは時間の制約上、それには立ち戻らない。[☆4]）カント、そして完成しつつある思弁的思考（とはいえ、ヘルダーリンはすでにその弁証法性を麻痺させているが）の特徴をもった神学的かつ哲学的な語彙によって、ヘルダーリンは『注解』で、カタルシス（*kátharsis*）についての有名な規定の形而上学的「パラフレーズ（paraphrase）」をおこなっているが、このパラフレーズは、『詩学』のテクストと字句に照らしてみれば完全に常軌を逸している。

くだんの二つの定義を読もう。（『アンティゴネー』に関連する）第二の定義から始めるが、それはたんに提示の簡便さのためにすぎない。[☆5]

> 悲劇的なものの呈示は［……］以下のことに基礎をおいている。すなわち、無媒介の神が人間と完全に一体になり（なぜなら、使徒の神はより媒介されたものであり、最高の精神における最高の悟性であるから）、そして精神★20〔＝神〕による**無限の**憑依〔*unendliche* Begeisterung〕が、自己を神聖な仕方で分離しつつ、**無限に**――すなわち、対立において、つまり意識を止揚する［*aufheben*］意識において――自己を捉え、そして神が死の形姿において現前するということに。

さて、以上のくだりを、オイディプスの悲劇的なものの定義との対比を通じて理解せねばならない。今度はこの定義を引用しよう。

> 悲劇的なものの呈示はおもに以下の点に基礎をおいている。すなわち、神と人間とが結合され、自然の威力と人間の内奥とが激昂において際限なく一体になるが、このような途方もないもの［途方もないもの（le monstrueux; *das Ungeheure*）はト・デイノン（*tó deinón*）の訳である★21］は、無際限な一体化が無際限な分離によって浄化されることによって把握されうるという点に。

これら二つの場合、悲劇的過ち（形而－上学〔＝超－自然学〕的侵犯）は同じものである。それは、厳密な意味で、*unendliche Begeisterung*、すなわち〔無限の〕神懸かり (enthousiasme)[★22]、無限の憑依 (possession) ないし霊感 (inspiration)[★23] であり、ヘルダーリンの見るところでは、これが神的なものの本来的にギリシア的な経験である。ニーチェよりずっと以前に、しかしフリードリヒ・シュレーゲルと（ディオニュソスについての論文を書いた）クロイツァーとほぼ同時期に、あるいは「戦慄すべきもの」（これもやはりト・デイノン〔途方もないもの〕である）の現前をまえにしたギリシア人の恐怖について語るシェリングとほぼ同時期に、ヘルダーリンはギリシア人において、彼らの本性ないし原初的「素朴さ」（彼らにおける東洋的な要素、とヘルダーリンは言っている）のうちに、トランス（あるいはエクスタシー）への傾向と神的なものに等しくなろうとする常軌を逸した欲望とのあいだの野蛮、凶暴、「神秘的」激昂をかぎつけているのである。これが、ギリシア的狂気であり、プラトンの語った、「神からの狂気」[★24]と解さねばならないマニアー (*manía*) である。哲学用語に翻訳すれば、この狂気は、無‐媒介のもの、ないし無‐限のもの――〈絶対者〉、とヘーゲルは『慈みの女神たち《エウメニデス》』についての彼の注釈[★25]ですでに言っている――への接近ないしそれらとの結託の意志を、〈即自的なもの〉と無‐際限に一体になること、有限な経験の境界を超えでることを意味する。

さて、カント的に、**かつ**思弁的（「無媒介な措定は単純な無である」という『大論理学』の冒頭を忘れないようにしよう）に厳密に言えば、「無媒介なものは……不可能である」。この表現はヘルダーリンのものである。のちほどこれに立ち返ろう[★26]。あるいはもっとラディカルに言った方がよければ、侵犯とは不可能なものそのものである。そして、悲劇、すなわち悲劇的なものの呈示＝上演 (*Darstellung des Tragischen*) は、ほかならぬこうした致死的もしくは自殺的な誘惑を宗教的ないし祭祀的意味で浄化する (purifier) 働きをもっていたのであり、ヘルダーリンの見るところでは依然としてもっているのである。こうして悲劇はその教えとして、無区別化 (indifférentiation) の恐るべき熱狂のなかでは、神聖な、ないし聖なる［*heilig*］分離が必要であることを示すのである。

悲劇的なものの本来的にギリシア的な扱い（『アンティゴネー』がその例証である）においては、分離とは主人公〔＝英雄〕の死であり、その破滅である。「神が死の形姿において現前する」のである。〔『注解』より〕以前の、『エンペドクレス』についての仕事と同時期の覚書には、悲劇――悲劇は「逆説によって」、すなわち解決のない純粋な矛盾の論理によって「最も容易に説明される」★27、とヘルダーリンは言っている――においては「徴＝ゼロ」★28と記されている。ギリシア人においては神的なものの試練は、最も厳密な意味で身体的なものであるからであり、身体そのものが接触をうける（神秘主義で神の「接触」と言われるように）からである。

このモチーフを展開している時間はない。理解しなければならないのはただ、われわれ近代人とはちがって、ギリシア人は自然の子供であり、そう言いたければ、純粋な天才なのだということである。彼らは生まれつき「〈エレメント〉の威力」のなかで、「天の火」のもとで生きている。そして、彼らは、彼らを連れ去らずにはおかない自然の突然の躍動や死者の世界の常軌を逸した野蛮に対して、自分たちの神々が引き起こす聖なる狂乱に対して、たとえわずかの間にすぎなくても決起しようとしたが、そのために、彼らは、自分たちのあらゆる英雄的妙技、熟練、技量、技芸［*tékhne, Geschick*］[☆6]をおおいに必要とした。ヴィンケルマンにつづいて、ヘルダーリンは『イリアス』の英雄たちがその証左であるギリシア人の身体の「闘技者的能力」[★29]や戦争における卓越を思い描いているのである。しかしそれは、いかに「ギリシア人の悲劇のことばが〔肉体を〕暴力的に殺す［*tödlichfaktisch*］[★30]」かを、いかにこのことばが「より媒介された仕方で〔作用し〕、より感性的な身体を具えた存在をとらえ」[★31]、死をもたらすかをただちに強調するためなのである。「このことばがとらえた身体は実際に殺害を犯す」[★32]、とヘルダーリンは言っている。これが、『アンティゴネー』で起きていることである。

オイディプスについては、事態は完全に違っている。それはまず、至極端的に言って、オイディプスは死なないからだ。あるいは彼がのちに長い流謫の末に死ぬにしても、それは、ソフォクレスの最後の悲劇〔『コロノスのオイディプス』〕において、周知の謎めいた仕方で、ギリシア的ではない死によってであるから。一八〇一年十二月、ボルドーへの旅立ちのわずかばかりまえに友人のベーレンドルフに宛てた有名な手紙でヘルダーリンは以下のように書いている。――このようにして彼は彼の目から見た「正真の近代の悲劇」とは何かを明確にしようとしているのだ。――「なぜなら、われわれにおける悲劇的なものとは、われわれがまったくおとなしく、なんらかの簡単な容器の中へ押し込まれて、生者たちの国から立ち去るということであって、われわれが焔［〈エレメント〉と「天の火」への明らかな暗示］に焼き尽くされて、われわれには制御できない焔の報いを受けるということではないから」[33]。二年後に『注解』の言葉に翻訳されて、この記述は以下の様相を呈する。

そういうわけで、**われわれは、**〔肉体を〕**暴力的に殺すものを、すなわちことばから実際に生じる殺人を、むしろ本来的にギリシア的な芸術形式と、つまり、より夕べの国の［ないし祖国的［vaterländisch］］**[34]**芸術形式の下位に位置する芸術形式と見なさねばならない。**この〔夕べの国の・祖国的〕芸術形式とは——容易に論証しうることであるが——、次のようなものであると言えよう。すなわちそこでは、ことばは〔肉体を〕暴力的に殺す［*tödtlichfaktisch*］よりもむしろ、〔精神を〕効果的に殺す［*tödtendfaktisch*］のである。この芸術形式は、殺害や死——なぜなら、悲劇的なものはやはり、殺害や死という形で理解せねばならないのだから——が実際におこなわれることで終わるのではない。そうではなくてむしろ、『コロノスのオイディプス』の趣きをもって、すなわち霊感を受けた口から発せられる**ことば**は恐ろしいものであり、そのことばが殺すという仕方で終わるのである。これはもはや、ギリシア的な観念に従うものではない。すなわち、闘技的・具象的な意味のものではない。つまりここでは、ことばが人間を身体的にとらえ、その身体が殺害をおこなうのではないのである[35]。

古代悲劇のことばと近代悲劇のことば、〔肉体的〕殺害と〔精神的〕殺傷、肉体的死と精神的傷（狂気ないし神秘的精神高揚）、これらのあいだの右に述べたような違いは、ギリシア人の運命（憑依）と、われわれ夕べの国の者、西欧人に固有な運命の不在（*das Schicksallose*、「デュスモロン（*dúsmoron*）」と、ヘルダーリンは言っている★[36]）とのあいだの違いである。この違いは少なくとも二つの帰結をもたらす。オイディプスの特徴をなすものを理解しようと思うならば、これら二つの帰結を交互に検討しなければならない。周知のようにヘルダーリンは、フランスからの帰国（「……アポロンがわたしを撃った、と言える」★[37]。これはヘルダーリン訳『オイディプス』、一三六一—一三六二行からの準—引用である★[38]）以来、彼の作とされる最後の長篇詩（『やさしい青空に……』★[39]）にいたるまで、結局のところ自分をオイディプスと同一視してやまなかったのだ。

　　　……オイディプス王はもしかすると
目がひとつ多すぎたのだ。この男の苦しみは
筆や舌では、言い表わせぬように
思われる。演劇が
そのような苦しみを言い表わす。するとすぐさまそうした苦しみが生じる。しかし、

いま、あなたのことを想いだすとは、わたしはどうしたのだろう。
　［……］
オイディプスの受けた苦しみはまるで、
具合が悪いと訴えている哀れな病人の苦しみのようだ。
ライオスの息子、ギリシアの哀れな異邦人よ！
生は死、そして死はまたひとつの生。[☆7]

くだんの帰結の第一のものは、悲劇的過ちにかかわっている。

アンティゴネーの場合は、事態は非常に明白である。ヘルダーリンがもちいる「無媒介な神」という句に事態は由来している。この句は次のように翻訳しうる。アンティゴネーは**憑かれて** (*possédé*) いる。もっと正確に言えば、**憑依の生け贄** (*en proie*) になっている、と。これは少なくとも、二つの意味で理解しうる。

一方で、アンティゴネーは自分を神的なものと**同一視している** (*s'identifier*)。たとえば（とはいえ、これは明らかに一例以上のものであるが）、彼女が墓へと降りて行く際の哀歌《コンモス》[★40]で彼女は自分をニオベ[★41]になぞらえる。するとコロスが彼女に答えるが、それは、ヘルダーリンのヴァージョンではこう言われている。「だが、神聖な者だし、神聖な生まれなのだ。彼女〔ニオベ〕は。／ところがわれわれはこの世の者であり、地上の生まれだ、等々[★42]」、と（八六二―八六三行）。——これに対してアンティゴネーは、「おお、彼らはわたしを哀れな狂人あつかいする……」と返答する。[★43] 形而－上学〔＝超－自然学〕的ないし神秘的狂気《マニアー》は、以下の箇所では直喩の文彩で表現されている——そうした狂気が問題にされる場合には、たぶんつねにそのように表現されるのであろうが。ヘルダーリンは、ソフォクレスのテクストを、そしてさらに（岩に変えられたニオベの）神話の最も確立された校訂ヴァージョンをも著しく変更することによって、そうした直喩の文彩を強調する。ヘルダーリンは、「〔アンティゴネー：〕ひとびとはわたくしに言った。どれほど悲しみに沈んで、／あのリュディアの異邦人女は死んでいったことか、と。[★44]」（ジャン・グロジャンの〔翻訳〕ヴァージョンから引用。八二三—八二四行）というテクストを、「ひとびとはわたくしに言った。彼女は荒野のようになった、／彼女、多産のプリュギア女は、と……」（八五二—八五三行[★45]）というように翻訳あるいは超－翻訳（sur-traduire）しているのである。そしてこのあとで、彼は次のようにコメントする。「この台詞は、おそらくアンティゴネーの最高の性質を表わしていると言えるだろう。この崇高な思い上がりは——聖なる譫妄が人間の最高の表出であるかぎり、またここではその譫妄がことばというよりは魂になっているかぎり——、アンティゴネーがこれまでに語りえたすべてを凌駕している」、と。次いで、ヘルダーリンは、冒瀆ないし最後の挑戦を神聖さそのもの（これについては改めて、ある語[★46]に言及するつもりである）と規定する。意識は、その最高の段階において、自分をとらえようとする神に対して「反撃し」ながら自分自身を止揚する作業をおこなうからである。そしてそのあとで、以下のようにつけ加える。

そのとき、意識[★47]は、その最高の段階にあって、自分をつねに次のようなものになぞらえる。それは、意識をもたないもの、しかしその運命において、意識の形態をとるものである。そういうもののひとつとして、元来のあり余るほどの豊かさのために、日光の作用を過度に増加させ、そのゆえに乾燥し、不毛となった土地がある。これが、プリュギア女のニオベの運命である……

他方で――そしておそらくはとりわけ――アンティゴネーは神を**我がものとする**(*s'approprier*)。ヘルダーリンは、彼の解釈の冒頭にクレオンとアンティゴネーの以下のやりとりを置いている(彼はここでもソフォクレスのテクストに意図的に変更を加えている)。彼が『オイディプス』についてもちいた表現を使って言えば、結局のところ、このやりとりに「全体の理解可能性はもとづいている[★48]」のである。(悲劇『アンティゴネー』について提起されてきた、**すべての**――例外なしに――解釈を、そしてとくにヘルダーリンよりも少しのちの、明らかに彼に対抗しているヘーゲルの解釈[★49]を、そうした変更から導きだされる解釈と比較してみればわかるように、その変更によって事実、アンティゴネーとクレオンという拮抗する形姿たちの「均衡」にかんして、重大な結果がもたらされるのである。)

クレオン：どのような大胆さから、お前はこの掟を破ったのか。
アンティゴネー：**わたくしの**〔*mon; Mein*〕ゼウスさまがその掟を与えてくれたのではないですし、また、人間のもとで掟を定めている、死の神々の法が、その掟をわたしたちのもとに与えたのでもないからです。★50

オイディプスの場合には、問題となっているのはまったく別のことである。オイディプスは自分を神と同一視しないし、神になぞらえもしない。神を我がものとすることもない。少なくとも直接的にそうすることはないし、身体的にさえそうすることもない、と言えるだろう。過ちは純粋に知的なもの、思弁的なものなのである（*oîda*〔知っている〕…）。にもかかわらず、その過ちが宗教的なものであるのは、彼の知が過度であるために（あるいは彼の「超－知」というダイモーン〔神性〕――この点でアポロンは無意味な存在ではない★51――のもとで）、オイディプスはテーバイから彼にもたらされた神託を解釈しうる権限があると思い込み、彼のものではない役割を詐称するからである。オイディプスは、**自分を思い込む**……神の権限をもった王である、と。あるいはこう言った方がよければ、祭司－王である、と――すなわちこれは、ヘルダーリン的には、まさしく**僭主**である。その権力はなによりも、一種の絶対的な解釈学的能力をもっているとする常軌を逸した主張に依拠している。ヘルダーリンの理解による、〔『オイディプス』

の〕筋の読解の有名な冒頭はご存じかと思う。この読解は『〔オイディプスへの〕注解』の第二部全体を占めている。

全体の**理解可能性**はおもに、オイディプスが神託の格言を**あまりにも無限に解釈し**、ネファース〔瀆神（*nefas*）〕に誘惑される場面に着目することにもとづく。

なぜなら、神託の格言はこう言っているから。

王であるフォイボス[★52]はわれわれに明らかに命じられました。
この土地で培われた国の穢れを払え、
不治の悪疫を養ってはならぬ、と。[★53]

これは、「穢れのない、厳格な裁きをあまねくおこなえ。民の良き秩序を維持せよ」といった意味で言われているのであろう。ところがその神託を聞くと、すぐにオイディプスは祭司としてことばを発する。

いかなる清めによって、云々。[★54]

そしてオイディプスは**個別的な**事柄に立ち入る。

そして彼〔フォイボス神〕は、いかなる男にこの運命を申し渡したのか。[★55]

**このようにして**、クレオンの**思考**を誘って、次のような恐ろしいことばを言わせるのである。

王様、以前はライオスがこの国の主君でした。あなたがこの都市を治める以前は。[★56]

このようにして、神託の格言と、それには必ずしも含まれてはいなかったライオスの死の物語が結びつけられるにいたる。そしてこれにすぐに続く場面で、オイディプスの精神は、猛り狂った予感に襲われて、すべてを知りながら、ネファースをはっきりと口にする。一般的な命令を、オイディプスは猜疑心にかられ、個別的に解釈し、その命令をライオスの殺害者に適用し、そして過ちを無限なものとみなすにいたるのである。[★57]

こうした解釈について、さまざまなことを考えてみることができる。ともかく、この解釈はそれ自身で絶対的な整合性をもつものなのである。もっと言えば、この解釈は、『オイディプス』を整合性の悲劇に、つまり帰結の悲劇にしているのである（知は、たとえそれが錯乱していても、知としての義務を課するのだ[★58]）。『アンティゴネー』の読解は、*gegen*〔～に対抗して〕（〔ドイツ語の *gegen* はギリシア語の〕*anti* である。〔Antigone という〕固有名詞の超－規定[★59] (sur-détermination) はここでも明らかである。また *gegen* が、すぐれて弁証法的な前置詞であることを忘れてはならない）という前置詞の執拗な回帰によって区切られているが、それと同じくらいに『オイディプス』の読解は、*daher*（それゆえに、したがって）という副詞でもって機械的に句読点が打たれていく。オイディプスの悲劇は論理の悲劇である。とはいえこれは、弁証法的論理という意味での論理の悲劇ではない。それは、因果的連鎖の悲劇である。〈論理学〉の悲劇でさえある。論理学がその機能を超えでて、存在－論〔理学〕的なもの (l'onto-logique) を、それどころか存在－神－論〔理学〕なもの (l'onto-théo-logique)――これにはまた立ち戻るつもりだが[★60]――を自任している以上[★61]、オイディプスの悲劇は論理学の悲劇と定義されるのである。いずれにせよ、〔『注解』の〕冒頭部にある以上のような超解釈 (surinterprétation)（翻訳《メタフラシス》？）によって、以下の二点が説明される。

第一点目は、悲劇の均衡地点において、ヘルダーリンが意図的にテイレシアスの呪詛に変更を加えているという点である。この均衡地点とは、句切り[★62] (césure) ないし「リズムに反する[★63]」中断の場であるが、このような句切りが、悲劇的詩であるあの長大な文 (phrase) を分節可能にし、その意味ないし真理を「空虚な恍惚《トランスポール》[★64]」（ヘルダーリンは以前に、悲劇とは「知的直観のメタファー[★65]」、すなわちカント式の純粋な不可能なものである、と語っていた）として与えるのである。均衡地点とはつまり、テイレシアスが〔『アンティゴネー』と『オイディプス』の〕どちらの場合にも介入してくるあの地点のことである。★66［「テイレシアスは運命の進行のなかへ、自然の威力を見張る者として入り込んでくる。この自然の威力は、人間をその生の領域から、すなわちその内的生の中心点から悲劇的に引き離し、他の世界へと、死者たちの異常な圏域へとさらっていく」。★67］ソフォクレスは、テイレシアスに以下のように言わせている。

……おれは、あんたが自分で出した布告〔kérugma〕の言葉を守って、
今日から、この者たちにもおれにも話しかけないように命令する。
あんたが自身が不敬虔で、この地を穢す者なのだから。

（ジャン・ボラックの仏訳、三五〇―三五五行より引用）

この箇所で、ヘルダーリンは次の翻訳《メタフラーズ》を強調する。

……それではっきり言っておくが、あんたが、あんたの始めの口調（ton; Ton）のままなら、今日から、この者たちにも、おれにも話しかけるな。
その口調こそ、この国の穢れなのだから。★68

（三五四―三五七行）

第二点目は、テイレシアスのことばが発せられたのち、ヘルダーリンの区分[★69]による「後半部」（すなわち第三幕以降）では、オイディプスの物語は「自分を取り戻そうとする絶望的なもがき、落ち着こうとするための、品位をさげるほとんど羞恥心を欠いた努力、意識を求めての突飛で気の狂った追求[★70]」にすぎなくなり、そして「ついにオイディプスの発言には、意識を求める、気違いじみた問いかけがとくに支配する[★71]」にいたるという点。言いかえれば、古代の悲劇的なものが死であるならば、夕べの国の悲劇的なものは狂気なのであり、――「思考不可能なもののもとでの彷徨[★72]」として思考される流謫なのである。意識はここでは、崇高な瀆神（矛盾もしくは神的なものの逆証明）において破滅することはない。意識はここでは、〈意味〉の目のくらむような崩壊のなかで惑い、そして足（これもオイディプス (Oidípous) のことだ[★73]）を取られる。要するに「自己意識」が、その本質的な**自制力**もろとも崩壊するのだ。自己意識 (*Selbstbewußtsein*) は、周知の概念というランクへとヘーゲルによって高められる以前には日常的に、尊大さないし自惚れ、思い上がりをも意味していたが、その自己意識が崩壊するのである。

しかしおわかりいただけるように、以上がオイディプスの運命なき運命であるのは、なによりもまず、神的なものについてのオイディプスの（知的な、あまりにも知的な）経験ないし試練が、いかなる点でもアンティゴネーのそれと比較しえないという理由によるのである。ここで、検討したいと思っていた第二の帰結にかかわることになる。この帰結は、悲劇の、少なくともソフォクレスの悲劇の神学的解釈に関係するものである。

ヘルダーリンによれば、悲劇的なものの本質は神の顕現の絶対的なパラドクスにもとづいている。

すでに見たように、ギリシア的な神の顕現は死である。ここでヘルダーリンは、ケノーシス[★74]（「神自身が死んだ (*Gott selbst ist tot*)」というルターの厳しいことば、とヘーゲルは言った。このことばで、ヘーゲルは思弁的存在 - 神 - 論そのものを要約しているのである[★75]）についてのルター的解釈の遠い反響を響かせていないわけではない。だが、ヘルダーリンはここで、アンティゴネーの冒瀆にもとづいて、彼女の聖なるヒュブリスを――彼がそう呼んでいるように、アンティゴネーは「アンチ・テオス〔神に反する者〕[★76]」なのである――英雄的なあり方として考えている。神学的パラドクスは、「聖なるヒュブリス」という言い回しで表現されている。お気づきのように、このパラドクスはまだ、意識が意識を、あえて言えば止揚する (*aufheben*) という対立［*Gegensatz*］の論理にしたがって――限界的な仕方で (de façon limite) ではあるにしても――弁証法的構造をもっているのである。（すでに暗示しておいた[★77]のは、以下のくだりである。）

魂が、最高の意識の瞬間に、意識から離れるということ、そして眼前の神が魂を実際に捉えるよりもまえに、魂は大胆な、そしてしばしば冒瀆的でさえあることばでもって神に対

> して反撃し (*begegnen*)、このようにして、〈精神〉の聖なる可能性を生き生きと保つということ――こうしたことは、魂が秘密の**作業**[★78]「**否定性の作業**[★79]」**を念頭においてわたしは作業という語を強調する**」をするさいにもちいる大いなる方策である。

これに対して、夕べの国の、もしくはオイディプス的な神の顕現（したがって西欧的な神の顕現）は、神の顕現を構成する絶対的なパラドクスの以上のような弁証法化という特徴をまったくとどめていない。それゆえ、死が神の顕現を認可することはないのである。『オイディプスへの注解』の第三部から、ふたたび長いくだりを引用せねばならない。

このテクストを充分に理解するためには、アリストテレスが『詩学』の第七章[★80]と第十一章で、悲劇にとって本質的な逆転《ペリペテイア》 (*peripéteia*) を規定している転換《メタボレー》[★81] (*metabolé*) ないし変転《メタバシス》[★82] (*metábasis*)（メタという前置詞のさらなる転調）という転倒のカテゴリーをまず念頭におかなければならない。ヘルダーリンは、伝統的にアリストテレスの記述から導きだせると思われていた悲劇的**カタストロフィー**[★83]についての学説を存在－神論的（さらには歴史－存在－神論的）な仕方で練りあげ直しているのだという、ジャック・タミニオーの読解は、その読解の原則の点で賛同しうる[☆8]。「悲劇的なものの呈示」の一般的な定義から、悲劇の闘争《アゴーン》的、拮抗[★84] (antagonique) ないし矛盾した展開構造（「すべては言説に対抗する言説であって、それぞれの言説は他の言説を止揚〔＝廃棄〕

する［*die sich gegenseitig aufhebt*］[85]」という表現が、この構造を要約している）を導きだしたあとで、ヘルダーリンは以下のように続ける。──文を途中から取りあげる。

……これらすべてのことは、次のような世界を表わす言語表現になっている。すなわち、ペストや狂乱、そしてまたいたるところで燃えひろがる予言精神のあいだで、無為の時代にあって、世界の進行に空隙が生じないようにするために［**したがって問題となっているのは〈歴史〉そのものの可能性である**］、そして**〈天上の者たち〉への記憶が消失しないようにするために**、神と人間が、**不実**（infidélité）**というすべてを忘却する形式において伝達《コミュニケート》し合う**。なぜなら、神の不実こそが最もよく記憶にとどめ［*behalten*］られうるものだから。

そういう瞬間に、人間は自分を忘れ、神を忘れる。そして、もちろん神聖な仕方ではあるが、まるで裏切り者のように反逆する［*kehret ... sich um*］。──苦悩［*Leiden*］（つまり〔ギリシア語の〕パトス〔受苦（*páthos*）〕[86]）の極限においては、実際、時間と空間という条件以外にはもはやなにも存在しないのである。

この極限において、人間は自分を忘れる。なぜなら彼は完全にその瞬間のなかにいるからである。そして神〔も自分を忘れる〕。なぜなら神は時間にほかならないからである。そして両者ともに不実となる。時間が不実となるのは、時間はそのような瞬間には定言的[87]に転回し［*sich kategorisch wendet*］、始まりと終わりのつじつまが、時間のなかでまったく合わなくなるからである［**ひとはしたがって〈歴史〉の時間そのもののなかへ入る。またフランス革命への暗示は偶然のものではない**[☆9]］。人間が不実になるのは、人間はこの瞬間のなかでは、定言的転回[★88]〔＝叛逆〕(volte-face catégorique)［*kategorische Umkehr*］に従わねばならず、そのため、人間はそののちにはもはや、最初の状況に適合することがまったくできなくなるからである。

そういう瞬間に立っているのが、『アンティゴネー』のハイモンである。オイディプスの悲劇の中央部におけるオイディプス自身である[★89]。

このテクストが難解なのは、省略が多いからだけではないし、またヘルダーリンが詩論という表面上の目的のためにおこなっているカントの利用の重要性（ヘルダーリンはカントを「わが民族のモーセ」と言っていた[★90]が、これは注意を呼び起こさずにはいないだろう。ヘルダーリンは自分が言っていることの意味を心得ていたのだ）を正確に評価しないかぎり、カントへの参照ないし暗示（「時間と空間という条件〔＝制約〕」、「定言的転回 (détournement catégorique)」）が非常に晦渋なままであるからというだけでもない。それは、このテクストの述べていることが実際、神学であり、この神学がまったく特異であって、伝統のなかに先例がないからでもあるのだ。これは「否定神学」や隠レタル神 (*Deus absconditus*) の神学ではない。また、ヘーゲルやニーチェ（両者は異なるにせよ）におけるような、神の死というルター以後の神学でもない。これは「他なる」神学なのである。にもかかわらず——性急にそう思うかもしれないが——「未聞の」神学が問題なのでもない。そうではなくてむしろ、ギリシア人の神学の復元、もしくは「創出 (invention)」の試みが問題なのである。ギリシア人自身も——いずれにせよ、プラトンとアリストテレス以前のギリシア人であり、この二人によって、ひとびとは制度化したキリスト教へと少しばかり「向け」られすぎたのだから——、この神学をそれとして明示しようと腐心することは決してなかった。ソフォクレスやピンダロスに見られるように、（偶然にも）断片や詩という仕方でそうしている場合を除いては。（しかしまた、ライナー・シュールマンの言うところを信じるならば、この神学は、ブルトマンが一九二四年ごろマールブルクで、ハイデガーをまえにして、預言者、とくにエリヤの読解[☆10]にもとづいて練りあげようとしていたものと類似点がないわけではない。『哲学への寄与』の最後から二番目の節（VII, *Der letzte Gott*）[★91]に、おそらく、その跡が残されていると思われる。）

いずれにせよ、先に引用したテクストから少なくとも四つの基本モチーフを引きだしうる。これらのモチーフは、ヘルダーリン的オイディプスの形姿［*Gestalt*］——形姿という語はアンティゴネーの特徴づけのために取っておきたいので——ではなく、ヘルダーリン的オイディプスのエートス (*êthos*) と呼ばれるべきものの構成要素となっている。このエートスは、ヘラクレイトスの「エートスとは、人間にとっては神性である (*êthos anthrópoi daímon*)[★92]」の意味で言われるエートスであるが、お察しの通り、これが――この点についてのヘルダーリンの言説はとても明解である――われわれ自身の歴史的《イストリアル》[★93]エートスでもあり、またそうあるべきものでもあるのだ。以下の少しばかり素っ気ない列挙で、わたしは締めくくりにしたい。この列挙はたんに指示にすぎない。ここにあるのは、

一、人間と神との二重の不実のモチーフ。この不実は、神聖なもの、聖なるもの、損なわれていないもの、さらには敬虔さそのものの歴史的《イストリアル》保護の可能性の――「の」の多いこうした冗漫な表現は避けえない――条件（したがって、超越論的な）である。ここにおいてパラドクス性は、対立するものや反対のものの無限に逆転する関係が増加していく論理（不実が大きくなればなるほど、ますます忠実さが大きくなる）にしたがって絶頂に達する――このパラドクス性は、たとえば、パスカル[☆11]におけるよりもずっとラディカルである。いま述べた論理は、**双曲線の論理**（*hyperbologique*）という名で呼ぶほかないであろう。そしてこの論理が実際、われわれのエートスを説明するのである。このエートスは、無神論（これは取るに足らない）ではない。そうではなくて、不実の忠実もしくは敬虔な不敬虔である。時間から実際に引き離され、引き抜かれる悲劇的瞬間には、すなわちまったくの気絶〔＝シンコーペーション（syncope）〕（これはもちろん、あの有名な「句切り」と無関係ではない）のなかでは、相互的な忘却がある。人間は自分自身を忘れ、神を忘れる。「なぜなら人間は完全にその瞬間のなかにいるからである」。そして神も〔人間を〕忘れる。「なぜなら神は時間にほかならないからである」。（「神はもはや時間には

かならない」という意味に理解しよう。）ということはまた、神は不可逆性の掟にほかならず、悲劇的経験における「それは取り返しのつかない」にほかならない。あるいは**究極的には** (*à la limite*)、死（の可能性）にほかならないのである。この不実の決定をくだすのは人間ではない。敬虔な裏切りとは応答であり、定言的に転回した神との「コミュニケーション」を維持し、神をそれとして記憶に保つ唯一の仕方なのである。神はその本質において反逆であり、反逆を課するものである。言いかえれば、歴史とは革命なのである。「世界の進行に空隙が生じないようにするために、そして〈天上の者たち〉への記憶が消失しないようにするために」、「神の不実が……記憶にとどめられねばならない」。悲劇的瞬間は、その無性そのものにおいて歴史的《イストリック》ではない。それは歴史の条件なのである。この条件とは、侵犯の禁止に服従すること、もしくは同じことであるが、形而上学の行き過ぎの禁止に服従することにほかならない。

二、経験の**諸条件**〔＝制約〕そのもの——すなわち空間と時間——の経験のモチーフ。（この経験はそれ自身また、無限にパラドクシカルである。悲劇の経験は、究極的には (à la limite) 不可能ではないが、しかし限界経験 (expérience limite) にほかならないのだ。）空間と時間という条件は、カント式に言えば、「純粋な」ないし「空虚な」形式である。したがって、それらは存在者ではない。しかし、それらはまた、それらにもとづいて〔存在者が〕一般に**在る** (*il y a*) ところのものでもある。わたしは性急にも、悲劇的経験が存在 (l'être) に通じるなどと言うつもりはない。しかし、いずれにせよ……以下のことには変わりはない。すなわち悲劇的瞬間は、超越論的なものそのものの——すなわち有限性そのものの——当然ながら試練不可能な試練のうちに、まったく存立をもたずに存立しているのである。ここで言う有限性は、ひとが今日悦に入って繰り返しているような、人間存在の死すべき運命や人間存在の〈他者〉への根源的服従とはまったく関係がない。そうではなくて、この有限性は、世界の**可能性**に、**経験の可能性**にまったき関係があるのである。

三、神の定言的転回のモチーフ——ヘルダーリンが最後まで固執していたポスト神話論的モチーフのひとつ。これは、ハイデガーのネオ神話論的読解が結論づけようとしている事柄に反するものであり、悲歌『パンと葡萄酒』の、あとからの手直しを乗り越えた唯一のモチーフである。「到来する神［*der kommende Gott*］」がもはや問題でなくなったときにもなお言及されるのは、「父が人間から顔をそむけた」のちの地上を支配している哀悼［*Trauer*］[★94]である。（悲劇はドイツ語では、いずれにせよヘルダーリンにとっては、哀悼劇（*Trauerspiel*）と言われていることを忘れないようにしよう。）神のこの転回（その逃亡、とヘルダーリンはしばしば言っている。もしくはその退去）は、神の不在ないし消滅を意味しているのではない。それが定言的、つまりカント的な意味で無条件的〔＝無制約的〕なものであるかぎり、それはひとえに〈掟〉の呈示を表わしているのである。神の退去は〈掟〉なのである。そしてそれは尊敬を課すことであり、まさにエートスである。ヘルダーリンにとってソフォクレスの悲劇がギリシア人の遺言であるのは、それが〈掟〉の碑銘（inscription）であるかぎりにほかならない。『アンティゴネーへの注解』では以下のように言われている。

> われわれは、より本来的にゼウス的であるゼウスの支配のもとに生きており、このゼウスは、この大地と死者たちの荒々しい世界とのあいだに**境界** (*limite*) **を打ち立てる**だけでなく、さらに、人間に対して永遠に敵対的な〔自然の〕突然の躍動がつねに他の世界へと向かおうとするのを、**より断固として大地へ押しもどす**ので、……われわれにとっては……[★95]

そして〈掟〉とはここで、**批判** (*critique*) にほかならない。あるいはこう言った方がよければ、この掟は『純粋理性批判』の教えそのもの、さらにはその戒律なのである。こういうわけで、わたしはさらに以下を引用する。

> ……語らねばならないのはゼウスである。しかし**厳粛に言おうとするときには**むしろ、時間の〈父〉、あるいは〈大地〉の〈父〉と言いかえねばならない。なぜならこの神の性格は、永遠の傾向に反して、**この世界を去って他の世界へという希求を**、**他の世界を去ってこの世界へという希求へと**回帰させることにあるからである。われわれはいたるところで神話を、**より説得力のあるものとして**描きださねばならないのである。[★96]

以上から導きだされるのは、

四、時間としての神そのもののモチーフである。ヘルダーリンはオイディプスの欠-神的 (á-theos)[★97] 性格に対して、一般的に言えば、オイディプスの試練に宿っているわけではないが、それに憑きまとっている欠神性 (*Gottlosigkeit*) に対しておおいに注意を向けている。イオカステとの、不安で胸の締めつけるような長い話が終わったあとに、第三幕の最後でコロスが発する以下のような最終行の詩句に、ヘルダーリンは、ある独特の運命をはっきりと託している。

*Érrei dè tà theîa.* (ソフォクレス、九一〇行)[★98]

ジャン・ボラックはこれを「神的なものは立ち去ってしまった (« le divin s'est en allé ! »)」と翻訳している。ヘルダーリンは超-文《フラーズ》-化しつつ、次のように翻訳する (九三一行)。「〔しかし〕不幸なことに、立ち去るものなのだ、神的なものは (« C'est dans le malheur qu'il s'en va, le divin ») [*Unglücklich aber gehet das Göttliche.*]」、と[★99]。

神の顕現なき顕現 (現われることは神的なものには属していないし、啓示はまったく存在しない) の瞬間である悲劇的瞬間において、神が「現前する」(神が現前するのかどうかは神のみぞ知る〔＝誰にもわからない〕) のは、神の転回そのものにおいて、その退去、後退、逃亡においてにほかならない。すなわち、神が「不在化する」運動においてにほかならないのである。

（もしも——結論としてこう考えねばならないが——神がかつて純然たる狂気《マニアー》やヒュブリス、つまり行き過ぎにおけるのとは別の仕方で「現前」したことがあるとするならば、であるが。）神とはもはや時間以外のなにものでもない。神は時間「そのもの」であり、そして時間とは無（néant）「である」。神そのものは、**存在し**ない（n'est pas）。神はたんなる**通過**（*passage*）である、と預言者たちは言った。このことは以下のことを意味している。神自身は、**有限**（*fini*）であり、「実存している（existant）」だけではない。もっと思考不可能なことに、神は、通過そのものとしてしか、つまり実存（existence）としてしか実存しないことによって、実存しないのである。これが神の**条件**である。神は、実存せずに実存「である（être）」という条件においてしか実存しない。それゆえ、神の有限性は非－有限〔＝無限（in-fini）〕でもある。こういったわけで神は現われないし、啓示はない。

これが、悲劇の呈示するものである。すなわち非－啓示、つまり神の**条件**。そしてこれはまさしくわれわれの条件でもあり、それ以外のなにものでもない。比類なき欠－神論（a-théologie）。

カント的意味での**条件**〔＝制約〕は、ヘルダーリンの語彙では、フランス語で *moyen* と、すなわち媒介（*Mittel*）と、——そして一般的には媒介性［*Mittelbarkeit*］と言われている。このことは、『注解』の冒頭の主要命題のひとつから非常に明確に見てとれる。

人間のもとでは、すべてのものにかんして、まず以下のことに意をそそぐべきである。すなわち、すべてのものは〔特定の〕何か〔etwas〕であること、つまりすべてのものは、自己の表出を媒介(*moyen*)にして認識されうる何かであるということ、そしてすべてのものが条件づけられている仕方は規定され、習得されうるということに。★100

こうしてすべては、ソフォクレスの翻訳とほぼ同時期に書かれた『至高な者』(これは崇高な者という意味でもある)という題名のピンダロスの断片への注釈へと集約されることが、おそらく理解されるであろう。

断片は言っている。

掟〔la loi, *nómos, Gesetz*〕は
すべての者の王。死すべき者たちの
そして不死の者たちの。掟はまさに
このゆえに、強力に
最も正しい正しさを、至高の手で導く。★101

この断片への注釈は簡潔な概念に還元することができるが、この還元された注釈が述べているのは、以下のことである。

無媒介なものは、厳格に言えば、死すべき者たちにとっては不可能なものである。また不死の者たちにとっても。

［……］

しかし厳格な媒介性が掟なのだ。[★102]

しかしここで問題となっているのはおそらく、たんなる**文** (*phrase*) にすぎないであろう。

# ヘルダーリンの演劇

吉田はるみ訳

わたしが立てている仮説は、非常に単純である。それは——わたしは、あなたがたのまえでその証明を素描しようとしているのであるが——、ヘルダーリンが演劇を（また演劇について）書こうとするとき、問題となっているのは実際に**演劇**なのだというものである。

この仮説を立てるには、もちろん、神話（あるいはもろもろの神話、しかしそれらのなかでも最も強力な、ハイデガー的な神話をわたしは考えている）を壊さねばならない。つまり、自明な事柄を否認してはならないのである。

ヘルダーリンの職歴——もし「職歴」があるならば——は、いくつかの詩を初めて雑誌に発表した一七九一年から、テュービンゲンのアウテンリートの診療所に収容される一八〇六年まで、ほぼ十五年間つづいている。一七九三年にテュービンゲン神学校《シュティフト》を卒業するさい、（ヘーゲルやシェリングと同様に）牧師職を拒否したヘルダーリンは、この十五年の期間をなんとかやりくりして生活している。すなわち、家庭からの——母親からつましく支給される——わずかな仕送りと、災禍に満ちた仕方で彼が占めることになった家庭教師のポストによってである。彼が自由の身でいられる、つまり牧師とならずにいられる唯一の可能性は、「文筆で身をたてること」であった。非常に早いうちに（当時、「前衛」批評の権威の一人であったA・W・シュレーゲルによって、一七九九年から）大詩人として認められてはいたが、またシラーを通じて作品を発表してはいたが、詩作のみでは身をたてるのに充分ではなかった。したがって、大学のポストを得ないかぎり――しかし、ヘルダーリンが志望していた、イェーナでのギリシア学のポストについては、当時全権を握っていたシラーが彼の支持を拒否している――、当時、成功すれば経済的な生き残りを約束してくれる可能性のあった、ただ二つの分野で、彼は腕を磨かねばならなかった。小説と演劇である。実際、ヘルダーリンが存命中に発表することになる二冊ばかりの著作は、『ヒュペーリオン』〔第一巻〕一七九七／〔第二巻〕一七九九）と、ソフォクレスの翻訳（一八〇四）である。

『ヒュペーリオン』は玄人受けしたが、それ以上のことはなかった。どのように見ても、こうした理由のゆえに、ヘルダーリンは演劇へ向かったのだと思われる。もちろん、ヴァイマール（またもシラー）でかならず上演されるという希望をもって。一七九八年からヘルダーリンは、「近代の悲劇」、すなわち『エンペドクレス』の執筆を開始する。そののち、意欲を失ったのか、あるいは別の直観にうながされたのか、ソフォクレスの翻訳に取りかかる。計算は簡単で、総計するとそれゆえ、一八〇四年の〔ソフォクレスの翻訳の〕出版までに、ヘルダーリンは演劇に六年間専念したことになる。これはいずれにせよ、無視できない年月である。

だが、神話を破壊したり、基本的な真理を復元するだけでは充分ではない。必要最低限の誠実さは失わずに、テクストをもう一度読まねばならない。すべてのテクストを。

演劇にかんしては、それゆえ、二つの「グループ」がある。

まずは、『エンペドクレス』のグループ。このグループがつねに特権視されているのは、ヘルダーリンがその「著者」であるという理由からであり、またこのグループが――このグループ自身のなかに、あるいはその周辺に★1、つまり「詩論的」と呼ばれるいくつかの試論（もっとも、すべてが未完成）のうちの最も重要なものに混じって――『エンペドクレス』の最初の二つの稿、そして第三稿については第一幕の草稿、さらに諸構想や続篇の草案を含んでいるという理由からである。もちろんここには、この企てがおこなわれていた二年間（一七九八―一八〇〇）に書かれた書簡は含まれていない。

次に、「ソフォクレス」のグループ。もちろん、このグループにも関心が向けられているが、それはなによりもまず、ヘルダーリンが身を捧げた翻訳（だが、ソフォクレスの翻訳だけではなく、ルカヌス、エウリピデス、ピンダロスの翻訳をも試みていることに注意する必要がある）の「未曾有の」実験と、この機会に彼が練りあげた芸術と歴史――これらはまったく切り離し不可能である――の哲学とが原因である。このグループに含まれるのは、『注解』をともなった二つの悲劇（ヘルダーリンがほのめかしている序文は失われたか、一度も書かれなかった）、『注解』に非常に類似した、ピンダロスのいくつかの断片についての短い注釈、そして何通かの書簡である。

これら二つのグループのあいだに、移行が存在していることはよく知られている。「近代の悲劇」という彼独自のテーマが失敗したために、ヘルダーリンは熟考したすえ、ソフォクレスの翻訳を、正確に言えば、ソフォクレスのなかでも二つの悲劇、『僭主オイディプス』と『アンティゴネー』の翻訳を企てる。ヘルダーリンの見解では、これらの二つの悲劇は模範である――これは、ソフォクレスを最も偉大で最も完璧な悲劇作家と捉えているアリストテレスに由来する考え方である。前者『オイディプス』は近代の悲劇の模範であり、後者『アンティゴネー』は、より本来的にギリシア的な悲劇の模範である。さらに言えば、ヘルダーリンが『アンティゴネー』を非常に暴力的な仕方で翻訳しているのは、こうした特徴――ギリシア性の生来の「東洋的」性格――を際立たせるためである。彼の関心全般が、悲劇『アンティゴネー』を、その新古典主義的な翻訳－脚色－解釈から引き離すことにあったのは言わずもがなである。ヴァイマールで「自分が」上演されることを期待してはいたものの――ヴィルマンス〔書店〕刊行のこれら二つの小品〔『オイディプス』と『アンティゴネー』の翻訳〕が出版されるやいなや、ヘルダーリンはそれらをヴァイマールに送っている――、おもな敵は、ゲーテ、あるいは『悲劇について』の、つまりフランス的（コルネイユ的）かつ道徳的（「カント的」）悲劇解釈のシラーであった。（ヴァイマールの「受容」[★2]については強調する必要はないと思われる。）

さて、以上が、『エンペドクレス』からソフォクレスの翻訳において生じている移行であることは――突拍子もない否認がないかぎり――周知の事実であるが、誰も、あるいはほとんど誰も、この移行を重視しようとはしない。このことが意味しているのは、以下の事態――それが一目瞭然であるにもかかわらず――を見てとることに同意する者は誰もいないということである。その事態とはすなわち、演劇についての同一の計画（「**近代の**悲劇的演劇（un théâtre tragique *moderne*)」、これがヘルダーリンがこの計画に対してもちいている語である）の内部において、前述した移行が、断絶に、しかも根源的な断絶になっているという事態である。この断絶が根源的であるのは、なによりもまず、そして端的に言って、それが演劇の根源そのものに、つまりアッティカ悲劇に通じているからである。ヘルダーリンにおいて「ソフォクレスへの回帰」は、なにかよくわからない「ギリシアへのノスタルジー」といったものを意味しているのではない。それが意味しているのは、演劇性の基底への回帰なのである。

とはいえ、明らかなのは――ヘルダーリンがこのことをはっきりと述べているのであるが――、『エンペドクレス』を失敗させたものは演劇性の欠如 (défaut) であるということである。もろもろの事柄が絡みはじめるのは、この地点においてなのだ。

演劇性のこうした欠如にかんしては、本質的に、三つの理由があると思われる。長い分析の結果[★3]――それをここで再構成するのは不可能だと思われるが――を強引に以下のようにまとめてみよう。

――第一の理由は、現実の演劇への欲求があったにもかかわらず、ヘルダーリンには当初、悲劇についてのある〈理念〉しかなかったということである。〈理念〉はここでは、厳密な意味で、つまり思弁的観念論がこの語に付与している意味において取らねばならない。この〈理念〉は、悲劇がその本質において「知的直観のメタファー」であること——これは、ヘルダーリンにとって、この〈理念〉を要約している定式である——を命じている。このことは、当時の語彙ではまず、〈絶対者〉の感性的呈示〔＝現前化 (présentation)〕［*Darstellung*］を意味する。この定義は、〔『エンペドクレス』執筆の〕四年まえにシェリングが『教条主義と批判主義にかんする〔哲学的〕書簡』の最終書簡のなかで、ソフォクレスの『オイディプス』について提起した、簡潔だが決定的な分析に多くを負っている。その分析によると、ギリシア人にとって悲劇とは、カント的意味（つまり、形而－上学的〔＝超－自然学的 (métaphysique)〕意味）での〈理性〉の諸矛盾の和解の呈示であり、また、〈必然性〉からの解放の約束であった（悲劇の主人公〔＝英雄〕は、自分が犯していない過ち (faute) に対する罰を受け入れ、かくして、死ぬことで、彼の譲渡不可能な自由を主張するのだ）。右の定義はまた、ヘーゲルが少しのちに『自然法』[★4]についての彼の論説のなかで、当時の彼にとって象徴的であったアイスキュロスの『慈《エウメニデス》みの女神たち』（のちには、それは『アンティゴネー』となる）に与える意味づけ——悲劇とは「〈絶対者〉が自己自身とともに演じる永遠の悲劇」の呈示である——を先取りするものでもある。

おわかりのように、こうした解釈には以下の二つの特色がある。

一、悲劇は、絶対的に語る芸術作品、絶対的なオルガノン (*órganon*)（すぐれて「形而上学的な作品 (*opus metaphysicum*)」[★5]と、ニーチェはのちにヴァーグナーの『トリスタン』にかんして述べている）である。なぜなら、悲劇は、〈絶対者〉の悲劇そのものの呈示だからである。つまり、〈絶対者〉とは矛盾であり、そしてこのことと不可分の仕方で、〈絶対者〉は、弁証法的に自己の死であるところの自己呈示ないし自己表出の必然性であるが、悲劇とはそうした〈絶対者〉の悲劇そのものの呈示だからである。ヘルダーリンのある覚書には、悲劇においては「徴＝ゼロ」と記されている[★6]。徴は、ここでは〈絶対者〉の徴と理解せねばならない。それは主人公〔＝英雄〕である。主人公がゼロに等しいということは、彼は死ぬということを意味している。彼は、彼がそれであるところのもの、すなわち〈絶対者〉の徴であるがゆえにこそ、あるいはもっと正確に言えば、徴としての〈絶対者〉であるがゆえにこそ、死ぬのである。悲劇以上にうまく、〈絶対者〉の呈示を呈示するものはない。

二、悲劇が以上のようなものであるのは、悲劇の構造自体が矛盾しているからである。ギリシア的「モメント」ないしギリシア的「精神」を構成する――ないし象徴する――二つの原理のあいだの対立（これらは、のちにアポロン的なものとディオニュソス的なものとの対立と呼ばれる）という題目のもとにでしかなかったにせよ、舞台とコロスの空間との対立は無意味とは言えないのではないかという推測が、とくにシュレーゲル兄弟において生まれはじめてはいた。しかし、悲劇の構造自体が矛盾したものであるのは、なによりも、そして実のところほとんどもっぱら、以下の理由によるのである。すなわち、悲劇の筋 (intrigue)、つまりアリストテレスの言うミュートス (*mûthos*) は、有罪であり無罪の人オイディプスという母型的撞着語法の展開にほかならないという理由に。先の覚書と同じ覚書のなかでヘルダーリンは、「悲劇の意味は、逆説によって最も容易に説明される」と述べている。

——ここから『エンペドクレス』の演劇性の欠如の第二の理由が導きだされる。つまり、『エンペドクレス』の筋は、筋を、すなわちアリストテレスが「もろもろの出来事の組み立て(*súnthesis tôn pragmáton*)」[★7]と呼んだものをまったくなしていないような**類の**筋にほかならないのである。『エンペドクレス』のシナリオは、ギリシア－プラトン式の思弁的なシナリオ以外のなにものでもない。要するに、そのシナリオの主人公〔＝英雄〕は哲人王(*basileús*)なのである。いわゆるフランクフルト構想における第一幕と第五幕の冒頭の粗筋を読むだけで、それは充分に理解できる。

〔第一幕〕エンペドクレスはその心性と哲学によって、久しい以前から文化を憎悪するようになり、あらゆる定められた仕事とさまざまな対象に向けられたあらゆる関心とを軽蔑するようになっており、あらゆる一面的な生存の宿敵であった。その結果、現実には素晴らしい生活状況においてさえ、不満を感じ不安定で苦しんでいた。その理由はもっぱら、それらが個別的な状況であるからにほかならず、そうした個別的な状況が、彼を満足させることができるのは、それが生きとし生けるすべてのものとの偉大な調和のなかで感じられる場合だけにほかならないからである。またその理由は、そうした個別的な状況にあっては彼は、万物に心をこめ、神の深い熱意をもって、神のように自由で晴れ晴れと生き、愛することができないからにほかならない。そしてまた、彼の心と思想が、所与のものを抱くやいなや、彼は、継起の法則に結びつけられるからにほかならない。

エンペドクレスはアクラガス市民のある祭りによってことのほか苛立ったが……

（……）

〔第五幕〕エンペドクレスは死の準備をする。自己の決心を固めるにいたった偶発的な動機はいまや、彼にとって完全に消え去り、彼は自己の決心を、自己の最も深い存在から生じる必然とみなす……[☆1]

このような「筋立て (action)」で演劇をすることはできない。できるのはせいぜい、歌「劇」か音楽を伴わないオラトリオのようなものである。たしかにこれらは、カントが示唆していたように、崇高なジャンルではあるが、しかし舞台にはほとんど適していない。またヘルダーリン自身も、「悲劇的頌歌」を、純粋な途方もないもの (monstruosité) のジャンルとして定義しようとしていた。[★8]

ヘルダーリンは以上のことを非常に強く感じていたので、彼が試みた手直しはすべて、本質的に、筋を構成することに向けられた。たとえば、いくばくかの拮抗関係 (antagonisme) を付与するために、「反対者 (adversaire)」——残念ながら反対 (adverse) 原理と理解されている——が導入されている。だが、なんら効果はなかった。その筋は、ほとんど独白的で静的な雄弁術の練習に、ジャコバン派的あるいはディレクトワール的[★9]美学スタイルでの、一種の政治 - 形而上学の意見表明（純粋な至上権の行為としての王権の放棄、死にいたるまでの〈絶対者〉への希求――もしくは〈絶対者〉の訪れ――といった）にとどまっている。（ミッシェル・ドゥチュが『エンペドクレス』を下絵にして、『テルミドール』を書いたときの彼の直観はきわめて正しかったのだ。[☆2]）

――最後に、演劇性の欠如についての第三の理由であるが、これは、ほかの二つの理由と密接に結びついている。第三の理由とは、演劇の上演 (représentation) の条件に対してヘルダーリンの払っている唯一の関心が、ミメーシス〔呈示 (*mimesis*)〕［*Darstellung*］についてのプラトンによる解釈に従属しているということである。すなわち、ここで言うミメーシスとは、劇における言表 (*lexis*) 様式のことであるが、ここではもっぱら言表者（いまの場合は悲劇作家）の観点から見た言表様式が問題にされている。プラトンは、こうした言表様式としてのミメーシスを、仲介者を通じた間接的な言表様式と解釈しているのである。ご存じのように、プラトンはこうした間接的な言表様式を容赦なく非難するわけだが。[★10]

『エンペドクレスの基底』の第一部（「一般的な基底」）で、弁証法的な仕方で明示され述べられているのは、演劇の条件に対するヘルダーリンの、いま述べたような配慮である。とはいえ、ここですぐに気づかれるように、ヘルダーリンは〔『基底』の第一部で〕、ほかならぬ詩人特有の困難――それはとてつもなく大きい――を次のような方策を通じて解決しようと試みているのである。すなわち、最も深い内面性、つまり神的なものにこのうえなく無限に満たされた内面性は、ただひたすら間接的な言表によってのみ、具体的に、つまりアナロジーないし象徴という形で（のちにヘーゲルが言うように、「異質な素材」において）表現されうる、とする方策を通じて。しかしながら、この内面性は、それが神的なものに無限に満たされているがゆえにこそ、「表現しがた」く、あまりにも無限に水面下に沈み込み、そしてまた空虚ないし空隙を宿すことになる。この内面性は、「ネファース (*nefas*) すれすれのところに」、不敬虔すれすれのところにある、とヘルダーリンはつけ加えている（ネファースこそが、彼を脅かす危険であるということを、ヘルダーリンは完全に自覚しているのだ）。『エンペドクレスの基底』のテクストには長い解説が必要であろう。そこに書かれている言語で響かせる方が良い幾行かを引用するにとどめる。

悲劇的‐劇的詩のなかで表現されるものは、最も深い内面性［*die tiefste Innigkeit*］である。悲劇的頌歌もまた、このうえなく明確な差異において、つまり実際の対立において内面的なものを呈示するが、しかしこの対立はここでは、むしろただ形式においてのみ、つまり感覚の無媒介の言葉としてのみ存在する。悲劇的詩は、呈示において内面性をさらに包み隠し、より強烈な差異によってそれを表現する。というのは、悲劇的詩は、より深い内面の生、より無限な神的なものを表現しているからである。感覚はもはや無媒介には表現されない。ここに現われてくるのはもはや、詩人や彼固有の経験ではない。ほかのあらゆる詩と同じように、悲劇的詩も、詩的な生や詩的な現実から、また詩人固有の世界や彼の魂から生じるに違いないとしても、現われてくるのはもはや、詩人や彼固有の経験ではないのである。そうでなければ、一般に、公正な真理が欠如してしまうことになる［……］。それゆえ悲劇的－劇的詩もまた、詩人が彼の世界において体験し、感じている神的なものを表現している。悲劇的－劇的詩もまた、詩人の生のなかで生きているもの、彼の生のなかにあったし、そのなかに現前し続けているもののひとつのイメージなのである。しかし、この内面性のイメージは、いたるところで象徴に近づかざるをえなければえないほど、それだけますます、いたるところで自己の究極の根源を否認するし、また否認せざるをえない。同様に、内面性が、より無限なものに、より表現しがたいものになり、ネファース〔不敬虔・瀆神（*nefas*）〕すれすれのところにあればあるほど、そしてまた、感受性をその限界内に固定しておくために、イメージが人間と彼の感受するエレメントとを、完全に厳密にかつ厳格に区別せざるをえなければえないほど、それだけますます、このイメージは感覚を無媒介には表現しえなくなる。イメージは感覚の形式も素材も否認せざるをえなくなるのである。素材は、感覚のいっそう大胆で異質な比喩（analogon）［*Gleichnis*］ないし喩えとならざるをえないし、形式はむしろ、対立と分離という特徴を帯びざるをえない。他の世界が、異質な出来事や性格が、要求されるのである。とはいえ、すべての少しばかり大胆な類比 (analogie) がそうであるように、類比は、それがもっぱらその外的な形式においてのみ相異なっていればいるほど、根源的素材に適合したものとなる。というのは、もしも比喩と素材とのあいだの内的な親和性が明白なものでないとしたら〔……〕[★11]、比喩と〔素材と〕の隔たり、比喩の異質な形姿は、もはや説明がつかなくなるだろうから。[☆3]

簡単に、短い二つの注記をつけ加えよう。

一、ここで、ヘルダーリンが詩人の状況として描写している状況——息を詰まらせるとともに冒瀆的でもある無限の神懸かり (l'enthousiasme infini; *die unendliche Begeisterung*)——は、ヘルダーリンがソフォクレスにおいて、悲劇的ヒュブリス (*húbris*) の本質——行き過ぎと侵犯——として認知している状況にほかならない。この状況は、アンティゴネーの場合、より顕著である。

二、たしかにヘルダーリンは、対立という項目のもとに、つまり「異質な素材」という題目のもとで、「他の世界、異質な出来事や性格」(したがって、これらの要素はすべて、効果的な作劇法にふさわしいものだ) を喚起している。しかし——と、ヘルダーリンはただちにつけ加えている——、あの「類比 (similitude)」、すなわちアナロジー的ないし象徴的な類比は、「もっぱら外的な形式においてのみ相異なっている」。言いかえれば、「もろもろの出来事の組み立て」は、もっぱら形式的なものにとどまらねばならないのである。なぜなら——その説明はこうである——、「もしも象徴〔＝比喩〕とその素材とのあいだのあの内的な親和性［象徴の根拠となっている特有の内面性］が明白なものでないとしたら、象徴〔と素材と〕の隔たり、象徴の異質な形姿は、もはや説明がつかなくなるだろうから」[★12]。

行き詰まりはここにある。すなわち、どのようにして詩的創造から、運命の唯一の上演としての演劇を引きだすべきなのであろうか。

先に示したように、ヘルダーリンは、演劇へと移行する (passer au théâtre)——「演劇に行こう (Passons au théâtre)」、と『逆説〔・俳優について〕』[★13]のディドロあるいはその対話者が述べているように——ために、ソフォクレスへと、すなわち演劇の起源へと移行するのである。しかし、ヘルダーリンが移行するのは、たとえばアイスキュロスではないし、また彼がかつて翻訳の素描を描いたことのあるエウリピデスでさえもなく、ソフォクレスである。また、ヘルダーリンが悲劇の模範あるいは範型（ここでは、exemple の強い意味としての）という題目のもとに選択しているのは、ソフォクレスのなかでも『オイディプス』と『アンティゴネー』である。これらのことは、偶然の結果ではまったくない。ソフォクレス、『オイディプス』。この選択は——少なくとも『オイディプス』については——、アリストテレスに、つまりギリシア人がいわば悲劇の技術 (*tékhne tragikê*) にかんして後世に残した唯一の文献に由来している。ソフォクレスへの移行は、アリストテレスへの移行で**も**あるのだ。（この点にかんして、『哲学者たちの演劇』のなかでジャック・タミニオーが展開している最近の分析にわたしは留保なしに同意する[☆4]。）

このことは、ヘルダーリンが悲劇についての思弁的な[★14]——あるいは、ともかく神学的な——解釈を断念しているという意味ではまったくない。まったくそうではないということを、われわれはこれから理解するだろう。ヘルダーリンの見解では、悲劇は神秘的な劇 (drame mystique)、あるいはむしろ神秘〔＝秘儀〕神学の劇 (drame de la mystique)[★15]——このニュアンスの違いは明確である——でありつづけている。すなわちまた——あとで指摘するつもりのことであるが——、神学-政治の劇、あるいは、こう言った方がよければ、思弁的政治の劇でもありつづけている。とはいえ、このことは逆に、ヘルダーリンがアリストテレスの（多少なりとも反プラトン的な）権威——いずれにせよそれは哲学のひとつの権威である——のもとに、悲劇を哲学のひとつのジャンル（あるいは哲学というジャンル）にし、悲劇の登場人物を哲学の英雄にすることに、なおも固執しているということを意味しているのでもない。のちに強固で根強いものとなる、オイディプスあるいはアンティゴネーを哲学の英雄にする伝統（ヘーゲル、キルケゴール、ニーチェ、ハイデガー、ラカン、さらに——否定的な形で——ドゥルーズ）をシェリングが開始していた。ヘルダーリンはこの伝統には書き込まれてはいない。ヘルダーリンがアリストテレスに問いかけるのは、ある問いを問う能力を、アリストテレスのうちに見出しているからなのである。この問いをヘルダーリンは、哲学的な（この場合、超越論的な）スタイルで言い表わしている。けれども、それはまた技術的な問いでもある。すなわちその問いとは、どのような条件で悲劇は可能なのか、である。この問いはただちにこう翻訳される。どのようにして悲劇をつくるべきなのか、と。まさにこのようにして、ヘルダーリンは演劇性の問題系へとたどり着く。

このことは、『オイディプスへの注解』の冒頭部分で、とくに近代的関心という角度から、はっきりと提示されている。

> 時代と制度の相違を考慮しつつ、われわれのもとでも、詩作を古代人の有していた巧みな創意 (*mekhanê*)[★16] のレベルにまで高めることは、詩人たちの市民的生存を、われわれのもとにおいても保証するために、良いことであろう。
>
> ギリシアの芸術作品と比較した場合、詩作以外の芸術作品にも欠けているものは確実性である。少なくともそれらの芸術作品は今日まで、それらの法則の計算や、美がそのおかげで生みだされているそのほかのもろもろの方法によって評価されてきたというよりもむしろ、それらが与える印象によって評価されている。それにしても、近代の詩作にとりわけ欠けているのは、修練と熟練である。すなわち、詩作のもろもろの方法は、実際、計算され、教えられうるということ、しかも一度習得されれば、制作の際に確信をもってつねに繰り返しもちいられうるということ、が欠けているのである。人間のもとでは、すべてのものにかんして、まず以下のことに意をそそぐべきである。すなわち、すべてのものは〔特定の〕何か〔etwas〕であること、つまりすべてのものは、自己の表出を媒介［*moyen*］に

して認識されうる何かであるということ、そしてすべてのものが条件づけられている仕方は規定され、習得されうるということに。そうした理由から、またそのほかのさらに高いもろもろの理由から、詩作は確実で独特な原則と限定を、ことさらに必要とするのである。☆5

ヘルダーリンがソフォクレスへ移行するのは、詩人（あるいは、思想家、哲学者）自身は、悲劇の登場人物にはなりえないということを彼が理解したときである、とわたしは先ほど暗示しておいた。★17 これはたんに、演劇が存在するためには、登場人物あるいは登場人物たちは、作者とは絶対的に無関係でなければならないこと、そしてまた彼らは役者や俳優とも無関係でなければならない（このように、ディドロは言っていた。彼の原稿はイエナで回覧されていたのだ）ことを、ヘルダーリンが理解したとき、という意味であるだけではない。それはまた、悲劇の登場人物が存在するのは、本質的に、ひたすらヒュブリスという意味での過ち、つまり罪 (crime) によってのみであること、すなわち禁止そのものの侵犯ではないにしても、なんらかの禁止の侵犯によってのみであることをヘルダーリンが理解したとき、という意味でもある。このような過ちが明らかになるのは、ハマルティアー (*hamartía*)――誤り、あるいは思い違い――を契機にしてであるが、ヘルダーリンがアリストテレスから学んだのはこのことなのである。この点にすぐあとで立ち戻ろう。★18 このような教示によって、『オイディプス』と『アンテイゴネー』のミュートイ (*mûthoi*)〔ミュートスの複数形〕――これは、ブレヒトの翻訳しているように「筋・寓話 (fables)[★19]」という意味である――についてのヘルダーリンの読解は導かれている。とはいえ、過ちの真髄はどこにあるのか、過ちとはその本質において何であるのかを、ヘルダーリンはアリストテレスから学んでいるわけではまったくない。また、いかに逆説的に思われようとも、ソフォクレスから学んでいるのでもない、と言いうる。そうしたことをヘルダーリンは、以下のような驚くべき操作 (opération) をもちいてソフォクレスのうちに――しかもただひたすら、彼が範型的と見なしている二つの悲劇のうちにのみ――**認知している**のである。この操作とは、カタルシス (*kátharsis*) について、神学−思弁的な、さらには宗教的な解釈をほどこすことで、過ちの本質が、そしてそれとともに悲劇の究極目的が把握しうるようになるといった操作である。

このような観点から問題に取り組みつつ、『注解』の第三部をそれぞれ参照してみよう。ヘルダーリンはそこで、悲劇の本質、つまり悲劇的なものの呈示＝上演〔＝（再）現前化 ((re)présentation)〕［*Darstellung*］の本質を定義している。この定義については、『オイディプス』の見地から、そしてまた『アンティゴネー』の見地から、二つの表現が提起されている。それらの表現の非常に厳密な用語法を想起していただくために、それらを再度読み直すことにする[☆6]。（そのあとで、前述の操作について説明するつもりである。）

悲劇的なものの呈示はおもに以下の点に基礎をおいている。すなわち、神と人間とが結合され、自然の威力と人間の内奥とが激昂において際限なく一体になるが、このような途方もないことは、無際限な一体化が無際限な分離によって浄化されることによって把握されうるという点に。

〔『オイディプスへの注解』〕

『オイディプスへの注解』で示されたように、悲劇的なものの呈示は以下のことに基礎をおいている。すなわち、無媒介の神が人間と完全に一体になり（なぜなら、使徒の神はより媒介されたものであり、最高の精神における最高の悟性であるから）、そして精神〔＝神〕による無限の憑依が、自己を神聖な仕方で分離しつつ、無限に——すなわち、対立において、つまり意識を止揚する意識において——自己を捉え、そして神が死の形姿において現前するということに。

〔『アンティゴネーへの注解』〕

それでは、あの操作の真髄はどこにあるのだろうか。非常に図式的に分析してみよう。

一、悲劇的過ち、ヒュブリス、あるいはヘルダーリンの言い方ではネファース。『エンペドクレスの基底』はこの過ちを、（ほぼ）悲劇詩人に割り当てていた。そして悲劇詩人は、この過ちを客体化することによって、それから身を守るないし解放されることを欲していたのだった（悲劇はこの場合、一種の自己カタルシス（*autokátharsis*）として作用していたのである）。さて、こうした過ちはいまや、悲劇の登場人物の過ちとして**認知される**。悲劇の登場人物が悲劇的であるのは、ほかならぬそうした過ちによってなのだ。

『エンペドクレス』では、過ちは、詩-思弁的かつ超-政治的様相を呈していた。この過ちとは、「一にして全なるもの」への無限の希求であり、死（あるいは形而上学的死）への形而上学的欲求であり、あらゆる王権を超えた至上権の肯定であった。それは、美しく偉大な過ちであり、そこには、詩人の苦悩にもかかわらず（あるいは苦悩のゆえに）、詩人の自己満足とある種の陰鬱な悦楽（délectation morose）[★20]が容易に見出された。『エンペドクレス』のシナリオは、「メランコリックな」悲劇のシナリオであり、ヘルダーリンのあらゆる努力にもかかわらず、この哀悼劇（*Trauerspiel*）は、哀悼歌（*Trauergesang*）――ギリシア語の哀歌《エレギー》を翻訳するのに、この語をもちいることができるならば――へと転じざるをえなかった。

それとは逆に、ソフォクレスが強烈に明らかにしているのは、この過ちは、過ちにほかならず、偉大さも美しさもない――とは言わないまでも、ともかく崇高さのない過ちだということである。それは瀆神なのである。理念的に形而上学的なものであった過ちが、具体的に宗教的な過ちに、つまり、政治-宗教的な――なぜなら、それらはギリシア人にとって不可分なものであるから――過ちになる。過ちは、自己-肯定の思い上がり（周知のように、それは専制政治につきものである）のうちにあるだけでなく、自己-神格化という錯乱のうちにも、神懸かりの激昂のうちにも、神との途方もない（*ungeheuer*）結合のうちにもあるのである。悲劇の登場人物たちは、アンティゴネーを始め、狂人である。そしてプラクシスという意味で彼らがおこなっていること、そのような狂気が彼らに指示している（dicter）[21]ことは、文字通りカタストロフィックなものなのである。

二、ついでに示しておくが、以上のことによって、ハマルティアー、すなわち思い違いあるいは判断の誤りは、『オイディプス』の場合も『アンティゴネー』の場合も、政治－宗教的な性質をもっていることが説明される。オイディプスは司祭－王の態度をとり、「神託をあまりにも無限に解釈する」。（神託が、暗号化された言葉で、「汚れのない、厳格な裁きをおこなうこと」や、「民の良き秩序を維持すること」をたんに暗示しているところで、オイディプスは事態を字義どおりに取り、供犠の論理へと入り込む。すなわち、彼は贖罪の生贄を捜すのである。）[22]アンティゴネーにかんしては、彼女の誤りは、**彼女の**（*son*）――この箇所について、ヘルダーリンは〔ソフォクレスの〕テクストを故意に変更している――ゼウスを、クレオンのゼウスにではなく、ポリス都市国家のゼウス、掟のゼウス（クレオンはこれを「あまりにも形式的に」[23]標榜しているというのだ）に対立させていることである。それゆえ、アンティゴネーの過ちはむしろ、神的なものと自分を同一視すること、あるいは、神的なものに自分を**なぞらえる**ことである。墓へと降りて行く彼女は、ニオベの運命に言及している。

三、すでにおわかりように、このような理解からすれば、過ちは浄化されるのである。悲劇が呈示＝上演しているもの、すなわち過ちのカタルシスとは、まさにこの「過ちは浄化される」ということなのである。ヘルダーリンの見解では、より西欧的で、よりギリシア的でない悲劇——近代の**知**の運命により合致している（Œdipe/*oîda*〔知っている〕）悲劇——であるオイディプスの場合、カタルシスは、緩慢な贖罪の形態をとる。まずはじめに、「意識を求める、錯乱した問いかけ[★24]」、次いで「思考不可能なもののもとでの彷徨[★25]」が続く。これは、ソフォクレスの第六六一詩行[★26]を想起するなら、欠‐神の流謫である。というのは、元来のギリシア的な悲劇の「〔肉体を〕暴力的に殺す［*tödtlichfaktisch*］」ことばとは異なり、近代悲劇のことばは「〔精神を〕効果的に殺す［*tödtendfaktisch*］」ものであって、身体ではなく、精神に触れるものだからである。神に反する者（*antítheos*）である『アンティゴネー』においては、「神が死の形姿において現前する」。

それゆえ、カタルシスが悲劇のひとつの**働き**であり、しかも本来的に政治的な働きとなっているアリストテレスにおいて生じていることに反して——アリストテレスでは、カタルシスは、政治的なものの、もしくは政治的なものの破壊の二つの本源的な情念《パシオン》（一方は「あわれみ（pitié）[★27]」で、結合の情念であるが、融合の情念と化す危険がつねにある。他方は「おそれ（terreur）[★28]」であり、分離の情念である。このことは、哲学‐政治的な伝統全体によって、実際、繰り返し言われてきた事柄である）を浄化する（purifier）というよりも、排除する（purger）のである——、それゆえ、カタルシスを働きとみるアリストテレスのこうした解釈——実を言うと、ルネッサンス時代に犯され、フランス古典主義的教義により伝承された、「もろもろの情念の浄化」についての誤読のために、当時、カタルシスを働きとみるそうした解釈を予見できた者は誰もいなかった――に反して、ヘルダーリンは、カタルシスを悲劇的パトス〔受苦 (*páthos*)〕の浄化と解釈している。実際、悲劇の考察において、観客がヘルダーリンの関心をひくことはない。カタルシスは、ヘルダーリンにとって、たしかに、ある仕方でミメーシスの（すなわち、*Darstellung* の）効果なのであるが、それは、呈示＝上演 ((re)présentation) に内在する効果であって、上演 (représentation) **による**効果ではない。お望みならば（つまり現代の言葉づかいで言えば）、カタルシスは、観客席から舞台に移されているのだと言える。とはいえ、これは表面上のことであるが。

四、こうしたことをあらかじめ指摘しておかねばならないのは、ヘルダーリンはもう一方で、彼の考察している二つの悲劇の政治的な意義をも、おおいに強調しているからである。これは、彼のもちいている語彙全体によって証明される。『オイディプス』については、それは自明である。『〔僭主 (tyran)〕オイディプス』は専制〔僭主〕政治 (tyrannie)――これは、革命時のフランス流の慣用語法によって、まったく新たな生命を与えられた語である――の断罪なのである(忘れてならないが、ヘルダーリンは、〔『オイディプス王』と翻訳する〕すでに古くなった伝統――この伝統はヘルダーリンよりも長く生きながらえることになったが――の全体に対抗して、ソフォクレスの作品のために、〔『僭主オイディプス』という〕真の題名を復元させているのである)。『オイディプス』が専制政治の断罪であることを説明するには、次の一文で充分である（「まさに、このような過剰な探求、過剰な解釈こそが、最後には、彼の精神［**オイディプスの精神**］を、彼に従う者たちの粗野で馬鹿正直な言葉のもとに打ち倒すのである」[★29]。『アンティゴネー』にかんして言えば、「この作品において悲劇的な仕方で形成されている理性の形態は政治的であり、さらに正確に言うなら、共和主義的である」[☆7]ということを証明するには、〔ギリシアの〕状況の大変詳細な論述が必要である。とはいえ、一八〇四年のシュトゥットガルトで、共和主義者であることは『アンティゴネー』の場合よりも政治的に危険であったことは確かである[★30]。

ひとは次のように言うであろう。以上の指示は、悲劇の「筋立て」から引きだすことのできる「教え」、さらには（寓話作家たちの言う意味での）「道徳性」をねらったものでしかない。それは非本質的なことにすぎない。悲劇の意義という題目において明らかに最も重要なのは、存在－神論的解釈（神的なものの「定言的」転回ないし叛逆。人類の敬虔な不実ないし裏切り。有限性の確立としての限界の確立）であり、歴史－存在論的解釈（祖国的 (*vaterländisch*) 回帰、ギリシア的騒擾［*Aufruhr*］[★31]と「夕べの国の」節度など）である。これらはすべて、たとえハイデガーによっておおいに方向づけられた読解を通してであるにしても、比較的知られていることどもである、と――もちろん、わたしはここで、それらのことを再検討しえないが。

ところが、事態はそれほど単純ではない。ヘルダーリンは、『アンティゴネー』の「共和主義的形態」について語るとき、次のようにつけ加えているのである。「……なぜなら、クレオンとアンティゴネーとのあいだで、つまり形式的なものと反形式的なものとのあいだで、均衡があまりにも同等に保たれているからである。このことはとくに、クレオンが彼の下僕たちからほとんど虐待される［これは、懲らしめられた「僭主」のモチーフ、トポス（*tópos*）である］最後の場面で見てとれる」[★32]、と。均衡、つまり *Gleichgewicht*。『注解』のなかの、「技術的」と言いうる冒頭部分において、ヘルダーリンは、作品の――この場合は悲劇の――「計算（*Kalkul*）」、つまりその法則ないし規則［*Gesetz*］と彼が呼んでいるものを説明しているが、この均衡という語は、彼がそのときにもちいていた語にほかならない。

ヘルダーリンは次のように述べていた。

> 一個の受容性[★33]システム、つまり人間全体が、エレメント[★34]の影響下で自己を展開するかぎりにおいて従う法則、計算、様式――言いかえれば、表象、感覚、悟性がさまざまな継起において、しかし確実な規則につねに則って次々と出現する際に従う法則、計算、様式――、これらは悲劇的なものにおいては、純粋な連鎖（consécution; Aufeinanderfolge）というよりも、むしろ均衡（équilibre; Gleichgewicht）である。[☆8]

ここで立ち止まらねばならない。ヘルダーリンが悲劇の *Darstellung*〔呈示＝上演〕の諸条件の問いに、つまり演劇性の問いに真正面から取り組んでいるのは、まさにこの地点においてだからである。

ここで叙述されているのは、叙事詩《エポス》(*épos*)(物語《レシ》)と悲劇(演劇)という二つの分野を定義している、もろもろの出来事のミメーシス(*mímesis tôn pragmáton*)の組み立て[*súnthesis*]の様式である。この叙述はカント用語で表現されている。人間は、ここでは「受容性システム(système de réceptivité; Empfindungssystem)」として、あるいはもっと字句通りに言えば、感受性(sensibilité)(表象、感覚、悟性)の「システム」[★35]として定義されている。そして悲劇の ***Darstellung***〔呈示=上演〕とは、「エレメントの影響下」(ヘルダーリンにおいてエレメントは、神的なものと自然とを、つまり必然性と威力とを同時に示す)にあるものとしてのそうした「システム」のプラクシス(*prâxis*)の呈示なのである。それゆえ悲劇は、こうした条件のもとでの、あるプラクシスの進行[*der Gang*]を、すなわち「〔エレメントの〕影響下での」行為の継起を呈示しているのである。そして、このような継起が「純粋な連鎖」あるいは純粋な連なりとなっている叙事詩とは違って、悲劇のなかには均衡がある。

ヘルダーリンがあの有名な「句切り(césure)」を導入するのはまさにこの地点においてである。次のくだりは注意深く読まねばならない。

悲劇的恍惚(transport)[★36]は実際、まさに空虚(vide)であり、最も拘束されていない。

それゆえ、この恍惚が呈示されている諸表象のリズミカルな連鎖のなかでは、詩の韻律において句切りと呼ばれるものが、言いかえれば、純粋なことば、つまりリズムに反する中断が必要となる。そしてこの句切りが、諸表象の激しい交換の絶頂において、その行く手に立ちはだかる。するとそのとき、もはや諸表象の交換ではなく、表象そのものが出現するのである。[☆9]

このテクストは実際最も重要であり、多くの注釈が――しかも、このテクストは少なくとも謎にはこと欠かないがゆえに、多くの異なった、もしくは矛盾した注釈が――ほどこされてきたので、このテクストの読解をやり直すことは難しい。それでも、試みることにしよう。

ほんの少しまえのところで、ヘルダーリンは、要約すれば方法論的と言える見地から二つの事柄を区別していた。作品の組み立ての法則の計算――これについてはすでに言及した――と、（全体の計算と比べて）計算不可能な「内容」、すなわちおのおのの作品の「個別の内容」とである。非常に厳密な仕方で、ヘルダーリンは以下のように述べていた。「次に［**つまり、組み立ての法則の計算をいったん考慮したあとで**］理解すべきことは、内容は、計算と、どのように異なるのかということ［……］、また、事態の進行［*der Gang*］と固定されるべきものとが、言いかえれば、計算されえない生きた意味が、どのようにして、計算されうる法則と関係をもつのかということである。[★37]」

明らかなように、これが、われわれがいまかかわっているものである。すなわち生きた意味、計算不可能なもの。つまり「悲劇的恍惚」そのもの。「もろもろの出来事の組み立て」

——悲劇はこれを呈示＝上演（(re)présenter）するわけだが——において、悲劇的恍惚がひとをそれへと向かわせるところのものは、均衡であり、もっと正確に言えば、均衡を取らせる句切りである。悲劇的恍惚はこれらへと向かわせる。なぜなら、悲劇的恍惚は「空虚」だからである。

これらのことは、こう分析することができる。

一、悲劇は（**構造**として、と言っておこう。その方がもっと単純だろうから）均衡であって、連鎖ではないが、それは、悲劇が、対話という純粋な闘争（*agón*）の形態（つまり論理学的な見地から言うと、和解も解決もない拮抗関係もしくは矛盾という形態）をとっているからである。『オイディプス』について、ヘルダーリンが述べているように、「すべては言説に対抗する言説であって、それぞれの言説は他の言説を止揚〔＝廃棄〕する［*aufheben*］［**相互に止揚**〔＝廃棄〕**し合う**］」のである。このことはまた、端的に言って、悲劇には結末や帰結がなく、悲劇はなにものも——お望みならば、いかなる意味も——産みださないという意味でもある。われわれがいまかかわっているパラグラフで、ヘルダーリンは「諸表象の交換（あるいは交替［*Wechsel*］）」（ここで言われる諸表象（*Vorstellungen*）とは、登場人物たちの対立し合う思考や見解のことである）について語っているが、こうした交換が激化、極端化し——そして頂点にまで、「絶頂」にまでいたるのである。

二、しかし、このような気違いじみた闘争《アゴーン》のなかに、悲劇が呈示している［*darstellen*］もの、すなわち悲劇の意味がある。つまり、悲劇が示しているものの（生きた）意味、真理――計算不可能なもの――があるのだ。これをヘルダーリンはここで「表象 (représentation; Vorstellung)」と呼び、そしてこのような表象の表出を可能にしているものを、あいかわらず超越論的なスタイルではあるが、理解しようと努めているのである。彼の問いはこうである。表象の表出の**構造的**可能性の条件は何か。カントの用語で言えば、表象の表出のア・プリオリな形式は何か。弁証法の用語で言えば、表象の表出の必然的媒介あるいは媒体は何か。

三、悲劇の**表象**、すなわち悲劇がその ***Darstellung***〔呈示＝上演〕であるところのもの、つまり悲劇的なもの**そのもの**とは、ヘルダーリンがつねに述べていたように、「恍惚《トランスポール》」である。――「トランスポール」は〔フランス〕古典悲劇の語彙に属する語であるが、ヘルダーリンは、この語によって、ギリシア語のメタフォラをフランス語に翻訳しているのだ。悲劇的なものとは、神懸かりした恍惚《トランスポール》なのである。（こうしていまやさらに、ヘルダーリンがかつて悲劇を「知的直観のメタファー」と定義したとき、彼はまた、知的直観をメタファー〔＝メタフォラ (*metaphorá*)〕として、つまりトランスポール (transport) としても語ろうとしていたのだということが理解される。）悲劇的なものとは、形而－上学〔＝超－自然学〕的侵犯 (transgression) そのものなのである。というよりもむしろ、それは、そうした侵犯に根ざしているのである。この侵犯とは、（これが、『純粋理性批判』の「超越論的弁証論」における最も明快な「教え」なのであるが）有限な経験の限界を踏み越える理性の矛盾へと通じるものにほかならない。

さらに、これこそがまさに、ヘルダーリンが〔先ほどの引用箇所の〕数ページあとのところで「神の定言的転回」[☆10]という題目のもとに練りあげ直す事柄なのである。

四、そのような恍惚《トランスポール》は、悲劇においては「空虚」である。——そしてこの点においてこそ、恍惚《トランスポール》はまさしく悲劇的なのである。悲劇的なものとは恍惚《トランスポール》ではなく、**空虚な**——ヘルダーリンはかつて、「徴＝ゼロ」と、述べていた——恍惚《トランスポール》である。この空虚とは、恍惚《トランスポール》それ自身による「無限の一体化」を「浄化」ないし「無限に分離」すること以外のなにものでもないのだ。この空虚が、カタルシスの場であり、カタルシスの地点なのである。そして実際、まさにここにおいて、悲劇の意味、すなわち表象 (*Vorstellung*) が、闘争的なもの、相反するものの終わりなき喧噪、対立の果てしなき「二」拍子のリズムから引き離されて、表出されるのである。

悲劇の効果が生じるのも、それゆえ、まさにここにおいてである。アリストテレスが述べているように、ミメーシスがいくばくかのマテーシス〔学び (*máthesis*)〕を産みだすときに、つまりミメーシスが思考させ、かつ理解させるときに、悲劇の効果は生じるのである（『詩学』第四章）。いくばくかのマテーシスを生みだすこと、これがミメーシスの機能なのだ。ほかのいくつかの点についてと同様、この点についても、ヘルダーリンは完全にアリストテレスに忠実である。演劇とは、思考の訓練なのである。

闘争《アゴーン》、つまり諸表象の交替が、それ固有のリズム性に則って、すなわち詩のリズムに固有の計算規則に従って——つまり、韻律法に従って——思考されるならば、悲劇的恍惚のあの空虚は、構造上、句切りに、つまり「リズムに反する中断」に合致する。このようにして、全体——シニフィアン全体——のリズムが（したがって、全体の意味が）、言いかえれば、もろもろの詩行ないし悲劇全体、すなわち作品としての**文** (*phrase*) が形成されるのである。句切りが、悲劇的なものの表出の可能性の条件であり、悲劇的なものの呈示＝上演［*Darstellung*］の可能性の条件なのである。

　これが、悲劇的なものの演劇性の法則〔＝掟〕である。あるいはお望みならば、その原理であると言ってもよい。

　ここまでにしておこう。だが、発言を譲るまえに、ヘルダーリンが、句切りの——無の、そして時間の外にある——瞬間を記述しているくだりを、さらに引用せずにすますことはできない。初めてこのくだりを読んでからちょうど三十年になるが、そのとき以来わたしは、これこそが演劇の**教え**なのだと考えている。

両作品〔『オイディプス』と『アンティゴネー』〕において、句切りを形成しているのは、テイレシアスのことばである。

　テイレシアスは運命の進行のなかへ、自然の偉力を見張る者として入り込んでくる。この自然の偉力は、人間をその生の領域から、すなわちその内的生の中心点から悲劇的に引

き離し、他の世界へと、死者たちの異常な圏域へとさらっていく。[★38]

# 『ヘルダーリン詩集』への序文

高橋透訳

今日フランスでヘルダーリンを「紹介する」などということは、常識ではありえないであろう。ヘルダーリンは、まだ五十年まえには無名——あるいはほとんど無名——であった（初のフランス語訳は一九三〇年である）が、第二次世界大戦以降、並はずれた声望を享受している。ひとびとは、彼を世界文学の最も偉大なものたちに比肩させているだけではない（その徴候として、彼が「プレイヤード叢書」に収められていることを挙げることができよう）。ヘルダーリンはおそらく、現代性《モデルニテ》があれほどまでに「受容」した、外国の比較的古い抒情詩作品の唯一の例なのである。ヨーロッパのロマン派の偉大な抒情性が、いまや歴史的なものと感ぜられ、もっと最近の作品（ドイツの領域にとどまるならば、リルケ、トラークル）でさえ、すでに「時代遅れ」の観があるなかで、ヘルダーリン——イギリスのホプキンスは、おそらくいつか、ヘルダーリンとだけ比較されるであろう——は、現代のエクリチュールにとり憑き、影響をあたえてやまない。ちょうど、われわれの伝統のなかで、マラルメがそうであるように——しかしおそらく、もはやランボーはすでにそうでないであろうし、ボードレールはなおさらそうでないであろう。ヘルダーリンは「古典」であるだけではない。彼はさらに、文学の**来たる**

**べきもの** (*à venir*) とでもいったものを表わしているのである。そうしたことをなしうるのは、過去の作品のうちほとんどわずかのものしかない。あるいは、そのようなことをなしうる作品こそが、実際つねに、みずからの古典性を超えでて、最も偉大な作品なのである。

〔ヘルダーリンに対する〕以上のような評価は、決して不当なものとはみなされない。しかしながら、その評価は――いたしかたないこととはいえ――、いくつかの誤解にもとづいている。本質的には、以下の二つの誤解がある。

まず初めに、**神話** (*mythe*) がある。すなわち、「狂気」という神話である。――ひとびとは決まって、この狂気の医学的特徴を退ける（病理学上の紋切り型や家族的・社会的な病因をもちだすのは「単純化」だというのだ）のだが、それは、狂気を、もっと根本的に、詩的活動そのものに、すなわちその人間離れした難解さ、その謎、その不可能性に結びつけるためである。ヘルダーリンが――少なくとも、彼の言説のある種の層が――、このような解釈を生んでいる。こうした解釈では、詩作は、神的「マニアー〔狂気 (manía)〕」や「フロル〔狂気 (furor)〕」という用語をもちいて繰り返し論じられ、また、詩人はその歴史的で神聖な任務にあるものとして、そして純粋なことばは預言的ないし黙示録的なものとして繰り返し論じられる。とはいえ、絶望的で悲痛な仕方で論じられるのである。伝統崩壊の犠牲者は、啓蒙主義の終焉（すなわち、現代の夜を告げる黄昏）以来、多数にのぼるが、ヘルダーリンがその初めのひとりであるように思われることは事実である。それどころか、芸術にかんするあらゆる規則、あらゆる模範、あらゆる規準化の消滅とあれほど明敏に対決したのは、おそらく彼が初めてなのである。したがってヘルダーリンがおそらく初めて、イミタティオ (*imitatio*) の危機一般（イミタティオのこうした危機は、カント以後においては理性の危機を激化させ、そして一七八九年〔フランス革命〕が生みだした激動においては、神学－政治的制度との決定的断絶を激化させた。そしてまた逆に、理性の危機と神学－政治的制度との断絶は、イミタティオのくだんの危機を激化させたのである）を、その影響のすべてにおいて熟考したのであり、未来の作品あるいは新しい芸術を、実際のところ無から (*ex nihilo*) 創造することで、みずからを消尽させたのである。このような意味でヘルダーリンは、彼の悲劇的なあり方そのものにおいて、すぐれて現代的な矛盾を、すなわち作品の不可能な先取（不可能な「モデル化」）を体現しているのである。ブランショは言っている。「……詩人は自分自身の予感として、彼の実存 (existence) の未来として実存せねばならない。彼はいまだ、のちに存在するところのものとして存在していないが、しかしすでにそのようなものとして存在せねばならないのである。詩人は、ある『いまだない (pas encore)』のなかにいなければならないのであって、この『いまだない』が、彼の悲哀の、彼の欠乏状態の、そしてまた彼の大いなる豊かさの本質的なものを構成するのである。歴史的には、こうした状況は、ヘルダーリンがこのうえなく深い引き裂きのなかで体験し歌ったものである。彼は、困窮の時代に、*in dürftiger Zeit* に、無の現在に生まれたのである。……」[★1] さらにブランショは言う。

詩人が実存するのは、彼が詩の時間を予感するときにほかならない。詩人は、詩との関係では、詩のあとにつづく者であるが、しかし、彼は詩の創造の力なのである。★2

言いかえれば、作品の可能性は、その不可能性そのものなのである。そしてまたその逆でもある。このような本質的矛盾、すなわち「狂気」(あらゆる形態の破壊ないし自己破壊)が、作品の運命なのである。この運命とはすなわち、解決の不在だ。古代の神の憑依とは雷に撃たれることであり、〔古代の〕霊感(ないし創造)とは断末魔(agonie)である。マラルメは、現代芸術のあらゆる受苦《パトス》――厳密な意味での――を要約して、「破壊がわたしのベアトリーチェであった」★3と言うであろう。ヘルダーリンは別の言葉をもちいている。とはいえそれは、類似したことを言うためである。こうして彼は、フランスから帰国したときに(すなわち、「病苦」が取り返しのつかない仕方で始まったように見えたときに)、「アポロンがわたしを撃った、と言える」★4、と書くことができたし、またその数ヶ月まえには予感しつつ、「わたしは、自分が最後には、神々から消化しきれないほど多くのものが与えられた古代のタンタロスのようになるのではないかと、恐れている」★5、と書くことができたのである。

ここに神話の起源がある。奇妙なことに、ヘルダーリンが、おそらくは癒されて、ともかくすべての悲劇的パトスを放棄して、身を「引く」(ヘルダーリンがこうした仕方で身を引いたので、のちにニーチェの近親者たちがしたように、ヘルダーリンの近縁者たちは、ヘルダーリンはひょっとしたら仮病を使っているのかもしれないと自問せずには——この自問はむしろ当然と思われるが——いられないほどである）まさにそのときに、つまりヘルダーリンが閉じこもり、ほぼ四十年にわたって、孤独のなかへ入っていく（しかし、もろもろの証言から知られるように、彼は書くことをやめないだろう。彼の狂気は——もしも狂気が存在するとすれば——、とにかく「作品の不在」ではないのだ）ときに、ほかならぬロマン派が、ヘルダーリンが構築に貢献し、そして彼がロマン派でないがゆえにこそ、おそらくは断念したあの神話を奪取する。ヘルダーリンの狂気についてひとびとが知っていることは実際のところすべて、ロマン派に由来している。そして事実、たいていの場合、「証言」は、ヘルダーリンがすでに**登場人物**として扱われている（小説、伝記小説といった）空想の作品に組み込まれているのである。このことはもちろん、ベッティーナ・ブレンターノ[★6]の『ギュンデローデ』について言えることである。しかしまたヴァイプリンガー[★7]の『ヘルダーリンの生涯、作品そして狂気』についても、あるいはグスターフ・キューネ[★8]の物語についても（フランス人の間接的な証言についてはなおさら）言えることである[☆1]。たしかにそうなのだが、しかしロマン派のイデオロギーも、そうしたことに無関係なのではない。あの神話が一九〇四年〔第一次大戦開戦〕の前夜にドイツで広く行き渡ったとき、それはナショナリズムの色合いを帯びることになるのだ。あまりにも啓蒙主義者 (*Aufklärer*) で、あまりにも「コスモポリタン」なゲーテやシラーにまさって、ヘルダーリンは正真にドイツ的な最初の詩人とみなされることができたのである。実際ヘルダーリンは、彼の希望を « partiotique »〔祖国的な〕、あるいは彼がまだ言っていたように « nationel »〔生まれた国の〕詩作に置いていただけに、なおさらそのようにみなされることができたのだ。一九三九年〔第二次大戦開戦〕には、ポケット版の『ヘルダーリン』が国防軍（Wehrmacht）の兵士たちに配布されるであろう。しかし、国家の大きな危機が去った（あるいは少なくとも阻止された）あとでは、神話はふたたび、その「本質主義的」純粋さのなかへと帰ってきて、ゲオルゲやホフマンスタールの時代に、ある種のニーチェ主義の足跡にしたがって定着させられたものになるであろう。ヘルダーリンがフランスへ浸透するとき、それは、ヘルダーリンは詩作の本質の詩人であるという、ハイデガー的裁定の庇護のもとにおこなわれるであろう。

以上の核に、「神話素」へと形成されうる、以下のような伝記的（さらには逸話的）特徴をつけ加えていただきたい。すなわち、社会の無理解と不可能な社会的統合、彷徨と流謫、無欠かつ絶望的な情熱（ディオティーマ）★9——そして倫理的実直さ、人物の「純潔」といった特徴を、である。また、反乱の激しさを——とはいえ、現実の政治的選択にかんして事態をあまりにも明確にしすぎることなく——つけ加えていただきたい。さらに、一八〇六年の病院への収容というドラマチックな状況と、テュービンゲンでの生涯にわたる、（実際のところ）謎に満ちた「隠遁」をつけ加えていただきたい。（いずれにしても、もろもろの「証言」を読まねばならないだろう。あるときは、儀礼ばった行動や過剰な礼儀正しさ、固有名詞の喪失、ご託宣や言語の混乱〔のことが証言されている〕。これらは、訪問者用の「出し物」であり、好奇心や打算的な悪用のおそれの裏をかくための巧妙な手だてであったのだろうか[☆2]。あるいは、それらは崩壊の結果であり、精神錯乱 (*Umnachtung*) のあわれな光景だったのだろうか。またあるときは、ヘルダーリンの家主、指物師のツィンマー[★10]がルソーの良き読者として言っているように、見出された無垢、ヘルダーリンが以前から表明していた「白髪の子供」という理想の完成〔についての証言〕。これらはつまり、ヘルダーリンの別の役まわりだったのだろうか。）これらすべてにさらに、作品の運命に属することを付加していただきたい。すなわち、シェリングやヘーゲル（彼らに対してヘルダーリンはある程度まで道を開いたのだ）の思想と同じくらいに強力な、稲妻のごとき思想を。この思想はしかし、素描されているにすぎず、空白があり、体系《システム》へと変えられてはいないし、提示されるにもいたっていない。テクストは未完成で、断片にとどまり、理解不可能なまでに手を加えられ「修正」されている。しかしまた、このような見かけの破綻のなかに、未聞の韻律的エクリチュールとあらゆる詩作を超えた「詩作」の創出がある。以上に列挙したことすべては、ヘルダーリンを範型 (*exemplum*) に、〈詩人〉の形姿 (figure) そのものにするにはうってつけであった。「呪われた者」であるどころか、ヘルダーリンこそが〈詩人〉な**のである**。ここ数年、フランスだけでも、少なくとも三冊の本がヘルダーリンの周りに、〈文学〉と〈創造〉の（ロマン主義的な）神話をふたたび造りだしている。すなわち、雷に撃たれた〈天才〉という神話を[☆3]。

しかし、このような第一の誤解——この誤解は一般的であり、もしそれがヘルダーリンを、彼が属していないまさにあの空間（すなわち、ロマン主義的定義における〈文学〉の空間）に導き入れないのであれば、実際にはさほど重大な結果をもたらさないであろう——に、第二の誤解がともなっている。この誤解は、より限定的に、フランスの状況に結びつけられており、それが提起する問題の困難さのために、より深刻でもある。つまり、ヘルダーリンはわれわれのもとに直接に達したのではないのであり、こう言ってよければ、予め - 解釈され、すでにある注釈を受けており、極限的には、フランス語で読みうる以前にすでに**読まれて**いるのである。講演『ヘルダーリンと詩作の本質』が、一九三七年に、つまりこの講演がおこなわれてから一年たつかたたないうちに、ハイデガーの諸テクストの初の翻訳集に収められて、フランス語で出版された。たしかに、ベルトーの諸テーゼ——フランスで発表されたヘルダーリンについての初の仕事——は、それに先立つ数ヶ月まえに出版されていた。また、『詩集』の校訂版は（検討中のもの以外）まだひとつも存在していなかったが、ヘルダーリンがすでに部分的に翻訳されていたこともたしかである。[☆4] しかしこうしたことが、ある哲学的テクストのセンセーショナルな登場——フランスでは、そのテクストの名声のゆえに、ひとびとはやきもきしながらその登場を待っていたのだが——をまえにして、どれほどの重みをもつだろうか。ヘルダーリンは事実、われわれにハイデガーを通じて伝達されたのである。そしてヘルダーリンの評価とは、フランスでは、まずハイデガーの評価なのである。少なくともそれは、ハイデガーのへ

ルダーリンの評価なのである。☆5

ここには偶然的なものはなにもない。ハイデガーの読解がこのように実際独占的な仕方でみずからの価値を認めさせるのは、その読解が、断然に強力で慧眼なものであるからというだけではない。それは、その読解が、厳密に言えばヘルダーリンの「読解」ではないからでもあるのだ。ハイデガーは、文献学的ならびに批評的「客観性」の規則に屈服することをつねに執拗に拒否していたが、それにもかかわらず、その読解がまったく注釈のように見えることは確かである。けれども、ヘルダーリンのテクスト——詩全体から引き離された格言のテクストではあるが——は、解釈を受けているのである。そしてこの解釈は、「哲学的」であろう（そしてしばしば「強権発動」によって事をおこなおう）とはするが、それでも、きわめて緻密であり、必要な場合には一語一語にまで分け入り、「ミクロロジー的」解読までおこなうといった解釈なのである。ある意味で、ハイデガーの「解明」（この解明という語が、彼の注釈全体のドイツ語の題名となっている語なのだから）は、たしかに解明である。それは、迂路をへることなく、ヘルダーリンのテクストの抜き難い晦渋さと対決する。とはいえ、ヘルダーリンのテクストは、解明の**対象**ではまったくない。ヘルダーリンの作品は、ハイデガーにとって、数ある詩作ないし思考の作品のうちのひとつではないと言うだけでは充分でない。ヘルダーリンの作品とは、（おそらく、初期のギリシア人を別とすれば）ヨーロッパの伝統における次のような唯一の作品なのである。すなわちハイデガーからすれば、この作品のなかで詩作は、思考が思考することを学びまた思考するように努めねばならないものを——詩作が思考に対して保持している謎に満ちた隔たりにおいて——伏蔵させているのである。こうしたわけで、究極的には、「ハイデガーのヘルダーリン」も「ハイデガーの思考」も存在しない。ヘルダーリンはひたすら、思考そのものの争点なのである。すなわち、哲学は自己の行程を完了し自己を「脱構築し」、そして自己の思考されていないものに到達し、自己を「他なる思考」に変貌させようとしているが、ヘルダーリンとはそうした哲学の争点なのである。ヘルダーリンはたんに〈詩人〉であるだけではない。そうではなくて、彼によって——そして彼の名前のもとに——言われている (dire)〈詩〉は、真理の〈語り (Dire)〉なのであって、思考に残されているのは、この真理の語りを言う (dire) ことなのである。

ヘルダーリンに与えられたこのような特権——この語では弱いが——が、神話をその極みにおいて維持しているのではないかと疑うことはつねにできるだろう。たしかにそうである。しかしこうした疑いは、ハイデガーの思考が「神話」という、それ自身あまり確実でないカテゴリーを失効させなくなる、ないしは失効させることができなくなるところにおいて、はじめて正しいものとなるにすぎない。ところが、この点にかんしては、ハイデガーの用心は非の打ちどころがないように思われる。彼は、ロマン派的ないしポスト・ロマン派的聖人伝を告発した最初の人であり、あらゆる逸話を価値のないものとみなし、そしてとくに、**範型**を生みだすような *(exemplaire)* 史料編纂（たとえばニーチェのそれ）、ならびに**形姿** *(figure)* の概念（この概念なくしては、神話はその近代的意味においてまったく理解しえない）の限界を哲学的に定めた最初の人なのである。さらにまた、次のように考えることもできるであろう（そしてわたしはそう考えている）。すなわち、神話に対するいま述べたようなハイデガーの態度は、たんなる否認ないしたんなる「否定」であって、言説が弱体化させる、ないし排除すると称しているものを強化するのに、実のところ、これ以上に適した挙措はない、と。ヘルダーリンの〈ことば(Parole)〉の「本質主義的」扱いは実際、神話の**登場人物**が退けられるということを前提にしている。しかしこのことによって、おそらくはかならぬ狂気（典型的な狂気、すなわち主体の純粋な崩壊）が、形姿のランクへと高められるのである。いずれにしても、〈ことば〉が不可避的に神聖化されるのである。

著者というイデオロギーについて、作品の主体への信仰について、人物ないし名前の崇拝については、言うべきこと、あるいは繰り返し言うべきことは多々ある。そしてまさにヘルダーリンにおいて、おそらく初めてそれらの観念のすべてが、ほとんど体系的な仕方で揺さぶりをかけられ、**狂わされる**のである。とはいえ、単純にそうしたイデオロギーを転倒させることで、すなわち名前に対して〈無名〉を置き換え、そして人物や主体に対して〈非人称的なもの〉を置き換えることで得られるのは、**権威**の強化以外の何であろう。ここには、権威の逆説が存在しているのである。すなわち、ある言説の威力は、ひとがそれを著者に負わせなければ負わせないほど、ますます強大になるのであり、その威圧力はますます強力になるのである。

しかも、これがハイデガー的戦略そのものの秘密の方策なのだ。ハイデガーが（彼の思考の実際の内容――ここではそれは問題にしないが――を超えて）行使する威圧は、彼自身の抹消ないし抹消への彼自身の意志に正確に比例しているのである。これと同様に、ハイデガーが偉大な思想のなかに認知する権威は、彼が哲学において伝記に対してほとんど関心を払わないということに比例している。要するに、主体のある種の否認は、言説の神聖化ないし自己神聖化の運動そのものなのである。またヘルダーリンとの関係では、そうした否認は、〔ハイデガーの〕「自己－権威化（auto-autorisation）」（この語はジャック・デリダのものである）の運動そのものでもあるのだ。詩作の本質を体現しているという法外な特権を「ヘルダーリン」に与えるのが、ハイデガー自身ではなく、〈思考〉であればあるほど、それだけますますハイデガーの言説は最も決定的な解釈として、あるいは極限的には唯一可能な、ということは現実に権威をもった唯一の解釈として、みずからの価値を認めさせるのである。

もう一度言っておくが、**たんに**ハイデガーの読解を糾弾することが問題なのではない。自己－権威化だけで、この読解が権威になりうるわけではない。そしてやはり忘れてならないのは、この読解がなければ、ヘルダーリンの正確な評価はおそらく不可能であっただろうということである。いかなる注解者も――哲学的に最も確実で最も精通した注解者たち（カッシラー）でさえ――、ヘルダーリンの**思考**を――つまり、思弁的観念論のなかでのヘルダーリンの先進性（次いで、思弁的観念論に対する彼の先進性）、ならびに後世（ニーチェも含めた）への彼の影響を——、その規模の全体にわたって位置づけ推し測ることはできなかった。そして、ベンヤミン以外の（とはいえ、ベンヤミンが、そこかしこでなした暗示を除けば、一九一四年のヘルダーリンについての〔ベンヤミンの〕エッセー[★11]が世に知られたのは一九五五年のことにすぎない）誰が、最後期の詩のテクストを厳密に洞察し（テクストという織物[★12]の糸をほぐし）、次のような運動を理解することができたであろうか。ヘルダーリンが古典主義とロマン主義（古代と近代、あるいはシラーのカテゴリーで言えば、〈素朴〉と〈情感的[★13]〉）とから同時に身を引き離し、そしてわれわれたんなる「現代人」が突き当たり続けている未聞のテクストを彼が実際に産出している運動を。

　ハイデガーの読解は実際、「避けて通ることはできない」。このことは、たとえ言われ過ぎているにせよ、言わねばならない。もっとも、いかなる解釈もこれまで、この読解を考慮せずにすますことはできなかったわけであるが。とはいえそれでもやはり、これがまさにハイデガー**の**読解であること、すなわちまず初めに、それが**ハイデガーのテクスト**であること——こう言ったからといってその固有の偉大さを消し去ることにはならない——は事実である。ブランショが一九四六年に、讃歌『あたかも祭りの日に』の注釈について「この注釈はハイデガー自身にかかわるいくつかの問いを提起している[★14]」と述べることから自分の論を始めたとき、彼はすでに以上のことを指摘していたのである。おそらく、あるテクストを自分自身のためにしか奪取しえないということは、あらゆる偉大な思想の定めなのであろう。こう言ったからといって、そうした思想がそのテクストに不当に干渉しているとか、それを変形しているとか、作り直したり、あるいは作り出しているといった意味ではない。そうではなくて、ここで言いたいのは、そうした思想がそのようなテクストと対決するのは、そのテクストが、その思想と最も親密な差異のうちにあるものだからだということである。言いかえれば、そうしたテクストとは、その思想が、自分が言っていることにおいて、言い尽くせない（ないしは端的に言っていない）ところのものなのである。つまりそうしたテクストは、ベンヤミンがヘルダーリンを引き合いに出しながら、[☆6]「自己の表現不能なもの」と呼んでいるものなのであり、別言すれば、それについて言い表わすことはできないが、**言わねばならない**ところのものなのである。このような意味でヘルダーリンは、ハイデガーが「言う－ことができる (pouvoir-dire)」ようにするものなのだ。こうしたわけで、ここで問題になっているのは結局のところ、ハイデガーの注釈の**構え** (*position*) 以外のなにものでもない。この構えはおそらくまた、彼の盲点でもあり、彼の最も大きな「素朴さ」の指標でもあるだろう。『解明』（« *Approche de Hölderlin* »[★15]）の序言をもう一度読んでいただきさえすればよい。それは、**崇敬**の言説の模範そのものである。

解明が何かをなすことができるにせよ、できないにせよ、解明にかんしてはつねに以下のことが**重要である**。詩において純粋に詩作されたもの〔das Gedichtete〕が、解明のなかで多少なりともより明らかになるようにするためには、解明の言説とその試みは、そのつど、

　みずからを打ち砕かねばならない。詩のなかへとやってくるもののために、解明は、みずから自身を余分なものにすることを目指さねばならない。あらゆる解釈の最後の、しかしまた最も困難な一歩は、詩の純粋な現前をまえにして、そのすべての解明とともに消え去ることにある。……★16

こうしたことすべての帰結は知られている（ないしは察しがつくであろう）。その帰結は、政治的なものでもあるというのではなく、それは、――わたしの考えでは――なによりもまず政治的なものなのである。容易に示せることだが、ハイデガーの〔ヘルダーリン〕読解の第一の争点――とはいえ、主要な争点とまでは言えないが――は、それ自身政治的なものである。総長のエピソードと国家社会主義への一時的加盟の直後、ハイデガーは、なによりもまずヘルダーリンの解釈にもとづいて、ナチズムに対する自分の距離を強調し、政治的なものからの自分の撤退を正当化する。〔ナチズムとの〕断絶が（一九三四年に）なしとげられるやいなや、ハイデガーは、「基礎的存在論」という彼のプログラム――このプログラムはしばらくのあいだ、国家社会主義的革命のある種の理念と調和しえたのだった――を放棄し、詩作と芸術の問いへと向かうが、それは、古典的意味での「哲学すること」に、もはやその資源を見出すことのできない思考を追求し、そしてそれとともに、歴史、技術の展開、全体主義の擡頭、ヨーロッパとドイツの状況によって提起されるもろもろの巨大な問いと対決するためであった。ヘルダーリンの注釈は、ドイツと世界の運命にかんして、国家社会主義が仕損じたものを言っているのである。[★17] この注釈の狙いは――少しのちにニーチェへの注釈がニーチェにかんしておこなっていることと同様に――、ナチによるヘルダーリンの押収を告発することでもなければ、こうした押収が惹起した疑わしい（ないし啞然とするような）解釈を正すことでもない。そうではなくてその狙いはまさに、いかなる深淵によって、ヘルダーリン（そしてまたニーチェ）が、彼らを不当に引き合いにだすひとびとから隔てられているかを示すことなのである。ヘルダーリンについての言説は、おそらく良心の呵責の言説ではないし、ましてやたんなる断罪の言説ではない。そうではなくてそれは、間違いなく**失望**の言説なのである。そしてこのことは、ハイデガー的な言葉づかいの**特徴**に注意しさえすれば、そして二つの大戦のあいだのドイツの「右翼知識人たち」の語彙と文彩を完全に無視（ないし知らないふりを）しさえしなければ、〔ハイデガーのヘルダーリン論の〕すべての行において読みとりうる。ハイデガーの読解が「コンテクスト」を欠いているなどということは、この読解が発表された時代にかんがみた場合、理解しがたいことである。ところが、明らかに、ほとんどあらゆるコンテクストを欠いた状態で――けだし、これはきわめて複雑な理由からそうなのだが――、ハイデガーの読解はフランスで自分の価値を認めさせたのである。こうして、ヘルダーリンとハイデガーとの双方について誤解するという危険が冒されることになった。もっとも、こうした誤解の危険は、もっぱらフランス的コンテクストの影響にだけ還元されるものでもないが。

多くの点でいまだにわれわれが置かれている以上のような状況をまえにして、ヘルダーリンのテクストの「左翼的」修正ないし反対解釈を〔ハイデガーの読解に〕性急に対立させたとしても、それはたぶん無意味であろう。そのうえ、ハイデガーにかんする（ハイデガーの思考にかんする）認識があまりにも不足していたため、そうしたことが試みられるたびに、それは結果として、ハイデガーの権威の事実上の強化を招くだけであった。しかしそれでも、ハイデガー的解釈の分有なき統治に切り込みを入れ、今日までこの統治のためにわれわれのもとへの侵入が許されなかったものを、すなわちほかの解釈の伝統を導入することは、おそらく無意味ではないだろう。

こうしたわけで、われわれはこのアンソロジー[★18]（その翻訳はロマン派的解釈に追従する傾向があることを指摘しておかねばならないが）に、アドルノが一九六四年にハイデガー的読解に応答して公にした有名なテクスト「パラタクシス」[★19]をつけ加えるにいたったのである。

反対意見として書かれたすべてのテクストと同様に――正真の思想家のすべての論争的テクストと同様に――、アドルノのテクストはきわめて不公正である。アドルノのテクストはとくに、ハイデガー的問いに、すなわち存在の問いに固有の範囲と内容を言語道断にも見誤っている。彼のテクストはこの問いを不誠実にも、たんなる哲学的タイプの問いに引き戻そうとしてやまない。しかしながら、不公正さにもかかわらず、批判の厳しさ（この厳しさの方は、公正なことがしばしばであるが）にもかかわらず、奇妙な近さが、アドルノをハイデガーに結びつけている——このことは、この哲学的論争（*pólemos*）において何が問題になっているのかを見誤っている者にとってのみ逆説と見えるであろうが——ように思われる。まるで、問題提起の根源性の点では、遠くに、（おそらくとても遠くに）狙いの共通性といったものが存在しているかのようである。

ハイデガーに対するアドルノの敵意が断固としたものであるのは明らかである。問題になっている——アドルノの目からすれば、ベンヤミンの解釈だけが権威をもっていることに異論の余地などないにしても——のは、批評の伝統だけではない。また、政治上の見解の相違や対立だけが問題なのでもない——実際、この問題は避けて通れないし、「パラタクシス」というテクストは、「ドイツ・イデオロギー」批判へのアドルノによる「寄与」（この「寄与」とは、きわめて有名な『本来性という隠語』[☆7]のことであり、同書には、「神殿を建てることの方が、そこに礼拝の対象を降臨させることよりも易しい」という、ベケットの恐るべきエピグラフが付されている）と同時期ではあるが。問題はまず、**感受性**なのである。したがって、**文体**が問題なのだ。アドルノの最大の不満は以下の通りである。ハイデガーは最も基本的な美学的センスを欠いている。ハイデガーによるヘルダーリン流の「説法」は事態を重々しく神聖化しようとする大仰なやり方であるが、こうしたやり方は、ハイデガーにほとんど趣味が欠けていることの端的な証拠である。おそらくハイデガーは、詩作［*Dichtung*］において把握せねばならないもの、すなわち彼が、ベンヤミンと同様に、「詩作されたもの」［*das Gedichtete*］[★20]と呼んでいるもの――これは、最近のわれわれの文学批評が**エクリチュール**と呼んでいるものから、結局のところそれほど疎遠なものではないのだが――に対して正しい直観をもっているのかもしれない。しかし、ハイデガーには、形式と内容（これらは、ハイデガーが躊躇なしに斥けるカテゴリーであるが、アドルノはそれらを練りあげる）のあいだの関係の厳密な問題化が欠けており、また詩の「構成」(texture) に対する充分な注意が欠けているので、ハイデガーが問題にするのは事実上、ヘルダーリンのテクストの「格言的」要素でしかない。彼は格言を取りだし、「理論的」ないし「哲学的」言表を特権視する。結局彼は、ヘルダーリンの詩作とシラーの思想詩 (*Gedankenlyrik*; « poésie d'idées ») とを類似させているものにだけ依拠しているのである。要するに、詩作 (*Dichten*) と思考 (*Denken*) のあいだの隔てられた同一性と差異とにかんするあらゆる変奏にもかかわらず、ヘルダーリンのテクストは哲学的テクストとして扱われているのだ。そしてこの哲学的テクスト自身は、ハイデガー的文体において再処理される。すなわち、思考の根本語ならびに根本言表に還元されるのである。これは、根深い意味論主義であるが、こうした意味論主義はさらに、断片的テクスト（ソクラテス以前の哲学者たち、ニーチェ）に対する偏愛と対をなしている。こうした意味論主義に対して、アドルノは正当にも、たとえ断片化の方向にある作品（ヘルダーリンの場合がそうであるが）が問題になっているにせよ、シンタクス上の要素への、すなわちテクストないし**文** (*phrase*) への考慮を対置させるのである。

しかし、「文にかかわるもの (phrastique)」に対する注意は、アドルノの場合、なんらかの「フオルマリズム」を生みだすわけではまったくない。表出と内容、媒体と思考のあいだの関係についての彼の考え方は弁証法的に呈示されるが、その安易さに異を唱えることはたしかにできよう。こうした安易さがあるからといって、アドルノが、ヘルダーリンの**思考**に対してそれにふさわしい位置を与えられないというわけでは必ずしもない。ただ――そしてこの地点でアドルノは一気に核心に入る――、ハイデガーが、戦略上のあらゆる種類の理由から、思弁的観念論へのヘルダーリンの帰属（これはしかし「歴史的には正確」であろう）の問題を回避している（ハイデガーは言っている、「これは、あらゆる思考の熟思に委ねることで満足すべき問題である」[☆8]、と）のに対して、アドルノの方は、ヘルダーリンは実際、思弁的な仕方で、すなわち弁証法的に思考している、と強調しているのである。問題は、ヘルダーリンの歴史的状況――カントやフィヒテへの彼の関係、彼がシラーの偉大なエッセーを精密に読んでいること、ヘーゲルとシェリングとの彼の哲学的共同作業――にのみかかわっているのではない。また、限定された否定、ならびに差異を経由した同一性への接近といったテーマ系や論理にのみかかわっているのでもない。ましてや「体系的なもの」にのみかかわっているのではない――ヘーゲルやシェリングにおいて生じていることとはまったく違って、「体系的なもの」は、ヘルダーリンの哲学の計画段階からして存在しないのだ。そうではなくて、問題は事実、文体なのである。アドルノのように、ヘルダーリンと初期ヘーゲルの文体論的類似を標徴化しえた者はいない。ヘルダーリンのある種の「散文主義（prosaïsme）」[★21]に対して、また、弁証法的「分節法《フレージング》

(phrasé)」(これは、読解の際に、対立する諸契機の総合的想起を前提としている)が、ベートーヴェンの偉大なソナタや偉大な交響曲の、主題と変奏による提示様式に類似していることに対して、あれほどにも感受性をもっていた者はいない。アドルノにとっては、思弁的なものの――哲学的、詩的、音楽的――エクリチュールがあるのだ。[☆9] こうしたことに対してハイデガーは、あくまで耳を貸そうとはしなかった。もっともこれは奇妙なことである。なぜなら、ハイデガー自身も、思弁的観念論において頂点に達する哲学的 ***Darstellung***(呈示 (présentation) もしくは提示 (exposition))の問題系の継承者であるのだから(このことは、アドルノがどのように考えようとも、ハイデガーのエクリチュール実践が証拠立てていることである)。

さて、アドルノの驚くべき点は、彼は以上の段階にはとどまらないという点である。一時たりともアドルノは、ヘルダーリンの注釈でよくおこなわれている挙措にしたがって、ヘルダーリンを一種の未完成のヘーゲル主義に引き戻すことに甘んじはしない。それどころか、彼が狙っているのは――おそらくここで、アドルノの意図とハイデガーの意図との驚くべき一致が決定的なものになるのだが――、ヘルダーリンにおける、思弁的なものの断絶(もしくは、中断、と言ったほうがいいだろう)という契機なのである。たとえアドルノが以下の〔二つの〕用語で体系的にテーマ化していないにせよ、事実上、アドルノの関心をひいているのは、**句切り** (*césure*) であり、言いかえれば、**悲劇的なもの** (*tragique*) なのである(なぜなら、ヘルダーリンでは句切りという語は、悲劇的なものという概念を内包しているのだから)。[☆10]

哲学（思弁的シンタクス）と詩的エクリチュールを比較可能にする類似物は、音楽である。つまり、ベートーヴェンである。ほかの箇所で、つまり『三つのヘーゲル研究』の最後の研究で、アドルノはたとえば次のように書いている。

ベートーヴェン的タイプの音楽は、この点にかんして、たんなるアナロジーを超えた類似物である。この音楽では、再現部、すなわち最初に提示された主題構造の反復が、理念的には、展開の成果、すなわち弁証法の成果であろうとしている。★22

しかし、音楽的エクリチュール——このエクリチュールは、思弁的シンタクスという尺度で考えられているので——、それがなしとげるものは、たしかに（弁証法的総合という意味での）総合ではあるが、「非概念的 (non conceptuelle)」——と、アドルノは言っている——総合にとどまっている。言いかえれば、音楽的媒体——音の要素——は、定義上、概念——分節され反省されたという意味での——の接近を禁じているのである。ヘルダーリンの詩作が、哲学との確固たる差異のなかで、到達しようとしているものも同様に、そうした非概念的総合である。ヘルダーリンにおける狙いは、音楽の領域にある。しかし、音楽を目指すことによって、詩作は、みずからの媒体、すなわち言葉——詩作は言葉を哲学と分かち合っており、言葉は概念の、概念的総合のすぐれたエレメントであるわけだが——に対立するのである。こういったわけで、総合が形成されることはない。弁証法的－思弁的**操作** (*opération*)（ここではこの操作という用語を強い意味において、すなわち論理的な過程**かつ**作品化 (mise en œuvre) として理解せねばならない[★23]）は、完成されず、麻痺させられるのである。このようにして、シンタクス上の断絶が生じる。この断絶は、言葉の試練（『フィデーリオ』、『荘厳ミサ曲』、交響曲第九番）が体験されたのちのベートーヴェンの最後期の音楽を、すなわち最後の変奏曲、ソナタ、弦楽四重奏曲を苦悩させている断絶に比較しうるものである。そしてまたこのようにして、そういった断絶の結果として、弁証法的連鎖に対し並置と分離が置き換えられる。この置き換えはすでに、ベンヤミンとハイデガーによって（たしかに、きわめて異なった用語によってではあるにしても）分析されているが、それをアドルノは**パラタクシス**という概念のもとに標徴化するのである。しかし、ハイデガー――彼自身も音楽による類比を回避しているわけではないが――が、たとえばヘルダーリンの最後の偉大な詩のひとつ（『回想』）を、「**しかし**というテーマにもとづいて」、すなわち詩に区切りをつけている「しかし (*aber*)」という小辞にもとづいて、「自分自身から自分自身へとみずからを分節する唯一のフーガ[☆11]」として思考しているのに対して、したがって、ハイデガーがヘルダーリンの分離的シンタクスを偉大な対位法的文体とその深い**組織化** (*organisation*)（「フーガは接合する (la fugue ajointe)」と、ハイデガーは言っている。そして実際、〔» gefügte Fuge « という〕ドイツ語の単語が意味しているのはこのことである[★24]）に関連させているのに対して、アドルノは、否定性にさらに注意を払いつつ、非連接性に、そして究極的にはヘルダーリンのエクリチュールの極度の現代性《モデルニテ》（われわれには、ほかにどのような語があるだろうか）に重きを置くのである。もし〔ヘルダーリンの詩作に〕フーガが存在するとすれば、それは、こうした意味でむしろ、「大フーガ」と呼ばれる、弦楽四重奏曲第十三番のフィナーレのフーガであろう。要するに、アドルノのヘルダーリンは、癒えることのない裂傷のヘルダーリンなのである。このヘルダーリンは、哲学と音楽――芸術と思考――のあいだを、それらがユートピア的に接合されるまさにその場所で、引き離し、そしてこの引き離しの掟なき掟に、徹底的に、彼のエクリチュールにいたるまで服するのである。

これがアドルノのテクストの唯一の教えではないことは予想されるであろう。いずれにしても、その解釈学的精緻さと妙技は、単純化された読解ないし一義的な読解を禁じている。しかし、以上のことはおそらく、今日フランスで、ヘルダーリンの神話を破壊し、読解――より**冷徹な** (*sobre*)[★25] 読解、と言っておこう――の可能性を開くことに寄与するいくばくかの見込みがある事柄なのである。結局のところ、ここでは事態は切迫しているのだ。

## 註

＊ヘルダーリンの底本にかんしては、ラクー＝ラバルトはバイスナー版をもちいているが、便宜を考えて、以下の比較的廉価な二冊本の全集にしたがう。すなわち、Friedrich Hölderlin: Sämtliche Werke in 2 Bdn., hg. v. Günter Mieth, Darmstadt 1984. さらに邦訳については、『ヘルダーリン全集』（全四巻）手塚富雄ほか訳、河出書房新社、一九六六―六九年を参考にした。これらからの引用箇所の指示にかんしては、ドイツ語原書については、巻数と頁のみを示し、邦訳については〔　〕に、邦訳全集の巻数と頁を示した。例：2, 786.〔四巻、三八頁〕

＊本訳書の「序文」にも言及されているとおり、『オイディプス』と『アンティゴネー』のヘルダーリンによるドイツ語訳、ならびにそれぞれの『注解』を、さらにラクー＝ラバルトがフランス語に訳出し、註を付したものが刊行されている。以下の訳註において、内容に関連すると考えられる箇所について、ラクー＝ラバルトによるそれらの註をいくつか訳出した。底本は、Philippe Lacoue-Labarthe, Hölderlin, *Antigone de Sophocle*, Paris, Christian Bourgois Éditeur, 1998 ならびに、Hölderlin, *Œdipe de Sophocle*, Paris, Christian Bourgois Éditeur, 1998. それぞれ、LA, LO と略記し、そのあとにページ数を挙げた。

### 序文

**原註**

☆1――――Cf. Hölderlin, *L'Antigone de Sophocle*, Paris, Christian Bourgois Éd., 1978 (rééd. 1998).

☆2――――Hölderlin, *Remarques sur Œdipe. Remarques sur Antigone*, trad. et notes par François Fédier, préface par Jean Beaufret, Paris, UGE, « Bibliothèque 10/18 », 1965.

☆3――――Cf. « La césure du spéculatif » et « Hölderlin et les Grecs », in *L'imitation des modernes. Typographies 2*, Paris, Galilée, 1986.〔「思弁的なるものの中間休止」「ヘルダーリンとギリシア人」、『近代人の模倣』大西雅一郎訳、みすず書房、二〇〇三年〕

☆4——Hölderlin, *Œdipe le tyran de Sophocle*, Paris, Christian Bourgois Éd., 1998.
☆5——*La poésie comme expérience*, Paris, Christian Bourgois Éd., 1986/1997〔『経験としての詩』谷口博史訳、未來社、一九九七年〕; *La fiction du politique, ibid.*, 1987.〔『政治という虚構』浅利誠・大谷尚文訳、藤原書店、一九九二年〕

## 訳註

★1——ストローブ＝ユイレは、フランスの映画監督。ヘルダーリンの未完の戯曲を元に『エンペドクレスの死』（一九八六年）、『黒い罪』（八八年）を監督。また、九一—九二年には『アンティゴネー』（原題『ソフォクレスの《アンティゴネー》のヘルダーリンによる翻訳のブレヒトによる改訂版（一九四八年）』）を制作。細川晋編『ストローブ＝ユイレの映画』アテネ・フランセ文化センター／フィルムアート社、一九九七年を参照。
★2——Bertolt Brecht: Die Antigone des Sophokles. Nach der Hölderlinschen Übertragung für die Bühne bearbeitet. In: Gesammelte Werke, Bd. 6, Frankfurt am Main 1967, S. 2273-2379.
★3——Heiner Müller: Ödipus Kommentar, Berlin 1987, S. 43-44.〔ハイナー・ミュラー「オイディプス・コメンタール」、『メディアマテリアル』岩淵達治ほか訳、未來社、一九九三年、一一七—一二一頁〕
★4——Martin Heidegger: Gesamtausgabe, Bd. 53, Frankfurt am Main 1984, S. 122〔マルティン・ハイデッガー『ヘルダーリンの讃歌「イスター」』三木正之ほか訳、創文社、一九八七年、一四三頁〕参照。

# メタフラシス

## 原註

＊国際哲学コレージュにて一九九七年十二月十八日におこなわれた講演。
（このテクストの最初のヴァージョンは、『謎の中心を占めるオイディプス』というコロックでの研究報告であった。当該コロックは一九九七年五月にデルフォイにて、ギリシア＝フランス精神医学・心理学・精神分析学協会と精神医学・精神分析学史国際連盟による主催で開催された。コレージュでの新たな発表のためにこのテクストを練りあげ直すように促してく

れたパトリック・ギヨマールとルネ・マジョールに感謝する。)

☆1———ソフォクレスの悲劇の近代における最初の再演は、『僭主オイディプス (*Edipo Tiranno*)』というタイトルで予告され、一五八五年、ヴィチェンツァで、この機会のために建設されたパラディオ劇場にておこなわれた。しかし、そののちには『オイディプス王 (*Œdipe roi*)』というタイトルが優位をしめた。おそらくヘルダーリンは、一世紀以上前から、とくにフランスで一般に採用されていたタイトルを拒否することで、政治的挙措をおこなおうとしているのであろう。彼はまた、『注解』のなかでソフォクレスの「共和主義」をおおいに強調している。ここでは、このことに時間を割くことはできない。次の本を参照していただきたい。Christian Biet, *Œdipe en monarchie. Tragédie et théorie juridique à l'âge classique*, Paris, Klincksieck, 1994.

☆2———« Le dernier philosophe : Œdipe comme figure », in *L'imitation des modernes, op. cit.*〔「最後の哲学者／形象としてのオイディプス」、前掲『近代人の模倣』所収〕; Jean-Josephe Goux, *Œdipe philosophe*, Paris, Aubier, 1990.

☆3———ハイデガーが一九三五年の講義『形而上学入門』(*Introduction à la métaphysique,* trad. Gilbert Kahn, Paris, Gallimard, 1967, pp. 115-117〔『形而上学入門』川原栄峰訳、平凡社ライブラリー、一九九四年、一七六—一七九頁〕) で、「存在と仮象」の間の対立という題目のもとに、「ギリシア的ダーザイン (*Dasein*) の形姿［*Gestalt*］」としての、ソフォクレスの『オイディプス』に割り当てた数ページを詳細に分析せねばならないだろう。ほかの箇所でこれに立ち戻るつもりである。

☆4———Cf. « Hölderlin et les Grecs », in *L'imitation des modernes, op. cit.*〔「ヘルダーリンとギリシア人」、前掲『近代人の模倣』所収〕

☆5———フランソワ・フェディエ訳を、必要に応じて変更を加えながら、引用する (Hölderlin, *Œuvres*, Paris, Gallimard, « Bibliothèque de la Pléiade », 1967)。

☆6———この巧みのすは、彼らの運命でもある。ドイツ語の *Geschick* には、こうした〔巧みと運命という〕二重の意味がある。フランソワーズ・ダステュールは adresse という訳語を提案している (★103)。(*Hölderlin, le retournement natal. Tragédie et modernité & Nature et poésie*, La Versanne, Encre marine, 1997, p. 33)

☆7———アンドレ・デュ・ブーシェ訳 (Hölderlin, *Œuvres, op. cit.*)

☆8———*Le théâtre des philosophes,* Grenoble, Jérôme Millon, 1995, chap. V : « L'ombre d'Aristote dans les *Remarques* de Hölderlin sur *Œdipe* et *Antigone* » 参照。

☆9――――転回 (*Umkehrung*) が、当時のドイツ語の語彙では一般にフランス革命を指していたことを忘れてはならない。ほかの多くの例のうちひとつを挙げれば、ヴィルヘルム・フォン・フンボルトは、彼のエッセー『人類の精神について』(1797, *GS* II, pp. 324-325) のなかで、まさにこの意味で、この語を使っている。(この教示にかんしては、アンリ・ディルバーマンに感謝する。)

☆10――――Rainer Schürmann, *Des hégémonies brisées*, Mauvezin, TER, 1996. とくに最終節 « La dessaisie : des doubles prescriptions sans nom commun (Heidegger) », p. 639 以下を参照。

☆11――――Cf. « La césure du spéculatif », in *L'imitation des modernes, op. cit.*〔「思弁的なものの中間休止」、前掲『近代人の模倣』所収〕

## 訳註

★1――――『イリアス』、第一歌、一四〇行。

★2――――「メタフランス」のフランス語式表記。

★3――――周知のように、アリストテレスの著作の編集に際して、「自然(ピュシス)についての書」のあとに〔メタ〕置かれる書という意味で、「タ・メタ・タ・フュシカ」と呼ばれていたものが、自然の「上に」あるものを扱う学と解釈されて「形而上学」を意味するにいたったことを指す。

★4――――Charles Baudelaire, « Fusées », in *Œuvres Complètes, I.* Paris, Gallimard, 1975, p. 658.〔シャルル・ボードレール「火箭」、『ボードレール批評4』阿部良雄訳、ちくま文庫、一九九九年、五三頁〕

★5――――*trans*〔超えて〕、*super* ないし *supra*〔上に〕、*sur*〔上に〕、*au-delà* ないし *par-delà*〔超過して・過剰に〕は、意味的にもちろんすべて互いに重なり合うが、さしあたりは、自然学を「超えて」、イデア性を探求するという意味で、自然学の「上」位に位置すること、そしてさらに、このイデア性の探求が、イデア性を「超過」し、それを崩壊させることを表わすものと解釈して本文のように訳語を添えた。

★6――――本訳書「ヘルダーリンの演劇」七一頁以下参照。

★7――――「形姿ないし類型〔=刻印〕とは、……プラトン的イデアの厳密な対応物である」(Philippe Lacoue-Labarthe, « Le dernier philosophe : Œdipe comme figure », in *L'imitation des modernes, op. cit.*, p. 205〔「最後の哲学者/形象としてのオイディプス」、前掲『近代人の模倣』、三〇〇頁〕)。さらに、「類型・刻印」、つまり「存在-刻印論 (onto-typologie)」

については、右記の文献のほかに、「伝記という虚構」、前掲『政治という虚構』、一四八―一六一頁を参照されたい。

★ 8 ―――たとえば、» Zur Seinsfrage «. In: Gesamtausgabe Bd. 9, Frankfurt am Main 1976, S. 385-426. » Nieztsches Wort 'Gott is tot'«. u. » Wozu Dichter? «. In: Gesamtausgabe Bd. 5, Frankfurt am Main 1977, S. 209-268 u. S. 269-320〔「有の問いへ」、『道標』辻村公一訳、創文社、一九八五年、四八三―五三〇頁、さらに、「ニーチェの言葉『神は死せり』」、『杣径』茅野良男訳、創文社、一九八八年、二三五―二九六頁、「何のための詩人か」、同前書、二九七―三五五頁〕などを参照。

★ 9 ―――Jacques Lacan, *Le Séminaire Livre VII. L'éthique de la psychanalyse*, Paris, Éd. du Seuil, 1986, pp. 206 ff〔ジャック・ラカン『精神分析の倫理・下』小出浩之ほか訳、岩波書店、二〇〇二年、一六頁以下〕などを参照。

★10 ―――oîda は、さらに、idéa〔イデア＝見え〕にも関連する。

★11 ―――「思弁的 (spéculatif)」は、ラテン語の speculari〔観察する〕に由来するが、これは、theoría〔観照〕や idéa〔イデア・見え〕にも関連している。また、theoría は「観劇」に、つまり演劇に関連している。さらに、ガダマーによれば「ギリシア語の theoría の本来の概念には、神聖な合一ということが基本となっている」(Hans-Georg Gadamer: Wahrheit und Methode, Tübingen 1965, S. 118.〔ガダマー『真理と方法Ⅰ』轡田収ほか訳、法政大学出版局、一九八六年、一八〇頁〕)。そうであれば、theoría は「神の顕現」に立ち会うことに関係していると言えるであろう。「思弁的」については、さらに「ヘルダーリンの演劇」訳註14を参照されたい。

★12 ―――G. W. F. Hegel: Werke, Bd. 12, Frankfurt am Main 1994, S. 272.〔『ヘーゲル全集10上　歴史哲学（上）』武市健人訳、岩波書店、一九九五年、三〇五頁〕。なお、ラクー＝ラバルトは、前掲論文「最後の哲学者／形象としてのオイディプス」(『近代人の模倣』)でフロイト、シェリング、ヘーゲル、ニーチェ、ハイデガーによるオイディプス解釈を論じている。

★13 ―――Friedrich Nietzsche: Sämtliche Werke, Bd. 7, S. 460f., Berlin 1980, S. 460f.〔『ニーチェ全集Ⅰ―4　遺された断想・一八七二年夏―一八七四年末』大河内了義訳、白水社、一九八一年、六九頁〕

★14 ―――Friedrich Schelling: Werke, Bd. 1, München 1979, S. 205-265.〔F・W・J・シェリング『シェリング初期著作集』高月義照ほか訳、日清堂書店、一九七七年、二三一―二〇二頁〕。なお、シェリング以降の「悲劇的なものの哲学」については、前掲論文「思弁的なものの中間休止」(『近代人の模倣』)におけるラクー＝ラバルトの詳細な分析を参照されたい。

★15 ――――アリストテレス『詩学』第六章および第十四章参照。
★16 ――――ラテン語の nefas は、ne〔否定の意味の接頭辞〕+ fas〔神聖な掟〕から成る。fas はさらに、fatum〔神託・運命〕に、そして、for［不定形：fari］〔話す・予言する〕に関係する。また、for は、ギリシア語 mutheîn (mutheîsthai)〔言う・語る〕、フランス語 dicter〔口述する・指示する〕〔本訳書「ヘルダーリンの演劇」六六頁参照〕に関連する。ラクー＝ラバルトはさらに、dicter に関連する dictamen という語で、ハイデガーとベンヤミンのもちいている das Gedichtete を翻訳することを提案している。Cf. Philippe Lacoue-Labarthe, « Le courage de la poésie », in *Heidegger. La politique du poème*, Paris, Galilée, 2002, 134f.〔『ハイデガー――詩の政治』西山達也訳、藤原書店、二〇〇三年、一七四頁以下〕
★17 ――――2, 391.〔四、四九頁〕
★18 ――――Peter Szondi: Schriften I, Frankfurt am Main 1978, S. 151.
★19 ――――» In lieblicher Bläue... «: In: Hölderlin Sämtliche Werke, Bd. 2-1, Hg. v. Friedrich Beißner, Stuttgart 1951, S. 372-374. この詩は、バイスナー版では、ヘルダーリン作かどうか「疑いのあるもの」の項目に入れられている。三冊本の全集（ミート版）には含まれていない。なお、ハイデッガー『ヘルダーリンの讃歌「ゲルマーニエン」と「ライン」』木下康光訳、一九八六年、創文社、四四頁以下に同詩の全訳がある。
★20 ――――「Geist はヘルダーリンにおいてテオス〔神 (theós)〕に相当する『近代の』語である」(LA, 207)。さらに、この件については、ベーダ・アレマン『ヘルダリーンとハイデガー』小磯仁訳、国文社、一九八〇年 (Beda Allemann: Hölderlin und Heidegger, Zürich 1954)、とくにその第九章「ハイデガー、ヘルダリーンと絶対形而上学」を参照。Geist は、元来 erregt sein〔激昂した〕や Ergriffenheit〔心を捕まれ（打たれ）ていること〕を意味し、語源的に英語の ghost に関連している (Duden, Bd. 7, Herkunftswörterbuch, Mannheim 1989, S. 266)。
★21 ――――「ヘルダーリンの演劇」原註6、ならびにラクー＝ラバルトによる以下の言及を参照。

*Das Ungeheure* は、字義的には、通常でないもの (l'inacoutumé)、異様なもの (l'insolite) の意。*das Ungeheure* は、*das Unheimliche* とほとんど同義である。（*das Unheimliche* は、「不安にさせる親しさ (inquiétante familiarité)」といった意味とでも言えるだろう。もしくは「異郷に身を置くこと (dépaysement)」という意味である）。L'inhabituel〔尋常でないもの〕が、〔*das Ungeheure*の〕最も適した訳語であろう。――もし、この l'inhabituel という語において、ラテン語の *habere*〔〜の状態にある、〜の状態にとどまっている〕（ないし *habitare*〔滞留する、住む〕）を、そしてまた *habere* という語がフランス語の « il y a »〔ある〕にふたたび現われているのをいまなお聞きとるとするならば、である

が。〔つまり、l'inhabituel に、habituel〔わが家に－あること〕の否定 (in-) という語源的意味を読みとるならば〕。『アンティゴネー』の有名なコロスの歌 *“pollà tà deinà”*（第一スタシモン）のヘルダーリンによる翻訳ヴァージョン（» Ungeheuer ist viel «〔尋常ならざるものは多くある〕）（第二幕）が示しているように、*das Ungeheure* という語は、ヘルダーリンにとって、ギリシア語の *tó deinón* の訳である。周知のように、ハイデガーはこのコロスの歌を、» Vielfältig das Unheimliche «〔無気味なものはいろいろあるが〕と訳している（ハイデガー『形而上学入門』参照）。

(LO, 244)

当該のコロスの歌は、呉訳では、「不思議なものは数あるうちに」（三三三行）である。

また、un-geheu の un は否定の接頭辞、geheur は「なじんだ、親しんだ (vertraut)」の意で、中高ドイツ語の Heim〔わが家〕にあたる語に語源的に関係している。さらに、unheimlich にも Heim が含まれている。L'inhabituel というフランス語訳は、この Heim を考慮しているのである。

『形而上学入門』からの引用は、Martin Heidegger: Gesamtausgabe, Bd. 40, Frankfurt am Main, S. 155.〔川原栄峰訳、平凡社ライブラリー、一九九四年、二四〇頁〕。ほかに、西谷修「〈不安〉から〈無気味なもの〉へ」『不死のワンダーランド〔増補新版〕』青土社、二〇〇二年、二三五―二六九頁を参照。

★22――「Begeisterung という語が、ギリシア語の enthousiasmós を字句通りの意味で転写しているのは明らかである」(LA, 207)。Begeisterung は、be-〔付加・添加の意の接頭辞〕+ Geist〔精神〕から、そして enthousiasmós は、en〔なかへ〕+ theós〔神〕から成る。

★23――inspiration は、ラテン語 inspirare〔吹き込む〕（in-〔なかへ〕+ spirare〔吹き込む〕）に由来。spirare はさらに、spiritus〔息吹・霊・精神〕に関連する。

★24――たとえば、プラトン『パイドロス』藤沢令夫訳、岩波文庫、一九六七年、五二頁以下、244A などを参照。

★25――G. W. F. Hegel: Wissenschaftliche Behandlung des Naturrechts. Sämtliche Werke Bd. VII, Leipzig 1923, S. 380.〔G・W・F・ヘーゲル「自然法の諸々の学的取り扱い方、実践哲学に於ける自然法の位置、及び諸実定法への自然法の関係、について」、『自然法学』平野秩夫訳、勁草書房、一九六三年所収、一七六頁〕

★26――本訳書二四頁「無媒介な神」を指すと考えられる。

★27――2, 899.

★28――2, 899.

★29――2, 456.〔四巻、六一頁〕

★30――2, 456.〔四巻、六一頁〕。さらに、-faktisch について。「ヨッヘン・シュミットの指示によれば、この語は、文法的に『使役』であって、『間接的にある効果を引き起こすこと』を意味する」(LA, 208)。なお、「シュミットの指示」については、Friedrich Hölderlin: Sämtliche Werke und Briefe in 3 Bdn., hg. v. Jochen Schmidt, Bd. 2, S. 1391.

★31――2, 456.〔四巻、六〇頁〕

★32――2, 456.〔四巻、六一頁〕

★33――2, 927f.〔四巻、四六五頁〕

★34――本文には直接関係しないが、以下のラクー゠ラバルトによる『アンティゴネーへの注解』(2, 456, Z. 8: » die...vaterländischen Vorstellungen groß ändert «〔四巻、六〇頁下段一〇行目〕) に付された註は、ハイデガーの「祖国的」ヘルダーリン読解との関連で重要と思われるので訳出しておく。

> vaterländisch という語においても、フランス革命の語彙の影響は明らかである。それゆえ、「祖国的 (de la patrie; patriotique)」と〔フランス語に〕翻訳する。ヘルダーリンはもっと先のところで〔2, 457; 四巻、六二頁〕さらに、*patriotisch* をもちいている。vaterländisch という語が「夕べの国の」ないし「近代的」(ヘルダーリンは、この語を、たとえば一八〇一年十二月〔四日〕のベーレンドルフ宛書簡でもちいているが) という語とは一致しないことは明らかである。vaterländisch は、「生まれつきの (nationel)」や「生まれつきでない (antinationel)」という語と同様に、ギリシア人に対しても適用されるのである。(LA, 208)

さらに、「生まれつきの (nationel)」についてのラクー゠ラバルトによる註。この註も、同じく『アンティゴネーへの注解』(2, 455, Z. 10; 四巻、五九頁下段一〇行目) に付された註である。

> この語は、フランス革命の語彙から取ってきたものであるが、ヘルダーリンの当時、日常的にもちいられていた。Le nationel はここでは、「生まれついた (naturel)」、「生国の (natal)」(さらにはシラーの用語で、「素朴な〔生来の〕(naïf)」) という意味で考えられている。l'antinationel はしたがって、ルソー式に、「文化 (*Bildung*〔形成されたもの〕)」を表わす。この点でも、ベーレンドルフ宛の二書簡〔一八〇一年十二月四日付ならびに一八〇二年十二月二日付〕を引き合いに出すことができる。(LA, 207)

★35――2, 456.〔四巻、六一頁〕

★36――2, 456.〔四巻、六〇頁〕

★37 ――――「アポロンがわたしを撃ったのだ」はさらに、フランスから帰国後の一八〇二年十二月二日付ベーレンドルフ宛書簡（2, 933.〔四巻、四七一頁〕）にも見出される。なお、手塚富雄によれば、「ヘルダーリンのいう『アポロ的』という概念は、『天上からの火』『情熱《パトス》』と同義語的に使われており、ニーチェ以来一般化している『アポロ的』の意味とは違っていることは心にとめておかねばならない」（『手塚富雄著作集２――ヘルダーリン（下）』中央公論社、一九八一年、一二三頁）。

★38 ――――ヘルダーリン訳、一三六一―一三六二行。『ギリシア悲劇Ⅱ　ソポクレス』呉茂一・高津春繁ほか訳、ちくま文庫、一九八六年、一三二九行。〔「オイディプス王」の翻訳は高津、「アンティゴネー」の翻訳は呉による。なお、以下では、呉訳／高津訳、＊＊行、と記載〕

★39 ――――本論文訳註19参照。

★40 ――――「俳優と合唱隊〔コロス〕とが交互に歌う部分」（前掲『ギリシア悲劇Ⅱ　ソポクレス』、四六一頁参照）。

★41 ――――「ニオベはテーバイ（あるいはオルコメノス）の王アンピオンの妃となり、多くの子をもうけ、そのため二人しか子のないレト女神を嘲ったかどで、子をみな（あるいは一人以外）〔……〕殺された、という。母のニオベはこれを嘆き悲しみ、石になった、あるいは父タンタロスの郷国プリュギアに帰って、そこのシピュロス山で岩になった、ともいう。」（同前書、一九一頁、訳註(2)参照）

★42 ――――ヘルダーリン訳「だが、彼女〔ニオベ〕は神聖な者だし、神聖な生まれなのだ。ところがわれわれはこの世の者であり、地上の生まれだ、等々」（Doch heilig gesprochen, heilig gezeuget/Ist die, wir aber Erd und irdisch gezeuget）（八六二―八六三行）。

呉訳「だが、その人は女神で、神から血筋を引く方だった。ところが私らと来たら、死ぬべき者の、人間のやから族に生まれた」（Allà theós toi kaì theogennés, emeîs dè brotoì kaì thnetogeneîs）（八三四―八三五行）。

さらに以上にかんする、ラクー＝ラバルトによる註によれば、ドイツ語訳の「神聖な者（heilig）」、「神聖な生まれ（heilig gezeuget）」は、ギリシア語テクストではそれぞれ、「『女神（theós）』、『神々から血筋を引く（theogenés）』となっている」（LA, 197）。つまり、ヘルダーリンは、ソフォクレスの「神の」という表現を「神聖な」に変更しているのである。

★43 ――――ヘルダーリン訳「おお、彼らはわたしを哀れな狂人あつかいする……」八六七行。呉訳「まあ、嘲りを受けようとは」八三九行。

★44 ――――呉訳「噂ではプリュギアから来た、タンタロスの娘は、このうえもなく惨ましい死を、遂げたということ」

(八二二―八二三行)。
★45 ―――ヘルダーリン訳、八五二―八五三行。呉訳、八二二―八二三行。
★46 ―――本訳書二三三頁「聖なるヒュブリス」を参照。
★47 ―――「意識 (conscience)」は、ドイツ語原文でも、LA に掲載されているラクー＝ラバルトによる仏訳でも「魂 (Seele; âme)」となっている。また、「その最高の段階にあって (à son apogée)」は、ドイツ語原文でも、LA のラクー＝ラバルト訳でも、「高い意識において (In hohem Bewußtsein; Au faîte de la conscience)」となっている。(2, 454〔四巻、五八頁〕; LA, 165.)
★48 ―――2, 391.〔四巻、四九頁〕
★49 ―――G. W. F. Hegel: Werke, Bd. 3, Frankfurt am Main 1994, S. 327ff.〔『ヘーゲル全集 4　精神の現象学（下）』金子武蔵訳、岩波書店、一九七四年、「Ⅳ・精神 A・真実な精神。人倫」の章、七三七頁以下〕を参照。
★50 ―――「わたくしの」が変更箇所。

この箇所のテクストの変更は根本的であり、この悲劇の意味全体を巻き込むものである。しかし「**わたしの**ゼウス」〔というヘルダーリンの訳〕は、極限的には（つまり、韻律法が与えるシンタクスの自由を考慮した場合には）、ギリシア語テクストの moi ――この語はフランス語の pour moi〔わたしのために・わたしからすれば〕と同様に曖昧であるのだが――によって可能となる。ヘルダーリンは、「わたしからすれば、その掟を布告したのはゼウスではない」の代わりに、「ゼウスがその掟を**わたしのために**布告したのではない」と読んでいるのである。

これに対して、次の行〔のヘルダーリンの訳〕は誤訳であろう。ギリシア語では、「あの世の神々と一緒に住んでいる (xúnoikos) 正義の女神［díkeのヘルダーリン訳は、le Droit; *das Recht*〔法〕である］でもない」(グロジャン訳) となっている。〔つまり、グロジャン訳が、「あの世の神々」を「一緒に住んでいる」にかけているのに対して、ヘルダーリンは、「あの世の神々・死の神々」を「正義の女神・法」にかけて読んでいるのである。〕 (LA, 190)

参考までに、ギリシア語原文――

Kréon: Kaì dêt' etólmas toúsd' uperbaínein nómous;
Antigóne: Ou gár tí moi Zeùs ên o kerúxas táde.
oud'e xúnoikos tôn káto theôn Díke, (449-451)

ヘルダーリン訳――

クレオン：どのような大胆さから、お前はこの掟を破ったのか。

アンティゴネー：**わたくしの** (mein) ゼウスさまがその掟を与えてくれたのではないですし、また、人間のもとで掟を定めている、死の神々の法が、その掟をわたしたちのもとに与えたのでもないからです。　（四六六―四六九行）

呉訳――

クレオン：では、それなのに、大それた、その掟を冒そうとお前はしたのか。

アンティゴネー：だってもべつに、お布令を出したお方がゼウスさまではなし、あの世をおさめる神々と一緒においでの、正義《ディケー》の女神が、そうした掟を、人間の世にお建てになったわけでもありません。　（四四九―四五一行）

★51――――アポロンは「知の神」でもある。

★52――――アポロンを指す。

★53――――ヘルダーリン訳、九五―九七行。高津訳、九六―九八行。なお以下、訳註56まで、ヘルダーリン訳は、ギリシア語原文とさほど相違ないと考えられるので、訳の掲載は省略する。

★54――――ヘルダーリン訳、九八行。高津訳、九九行。

★55――――ヘルダーリン訳、一〇一行。高津訳、一〇二行。

★56――――ヘルダーリン訳、一〇二―一〇三行。高津訳、一〇三―一〇四行。

★57――――2, 391f.〔四巻、四九頁以下〕

★58――――原文は、« savoir oblige »。これは « Noblesse oblige »「貴族の身分は義務を課する〔貴族はその身分にふさわしく振る舞わねばならない〕」に倣う言い方。

★59――――sur-détermination は、精神分析の用語として「多元決定」という訳が一般的であるが、ここでは、分かち書きをしてあることを考慮して、sur-traduire などに倣って「超－規定」と訳す。

★60――――本訳書三四頁「存在－神論」ならびに「カタストロフィー」を参照。

★61――――ハイデガーによる形而上学の「存在－神－論的体制 (die onto-theo-logische Verfassung)」についての議論を参照。

★62――――詩論の用語で、「詩の行の中間での、特に、意味の切れによる休止」のこと。「中間休止」とも訳される。

★63――――2, 390.〔四巻、四八頁〕

★64――――2, 390〔四巻、四八頁〕。本訳書「ヘルダーリンの演劇」七五頁以下参照。

★65――1, 889〔四巻、一一九頁〕。本訳書「ヘルダーリンの演劇」五一頁以下参照。

★66――テイレシアスは両悲劇ほかに登場する「盲目の予言者」。

★67――2, 391.〔四巻、四九頁〕

★68――ヘルダーリン訳、三五四―三五七行。「布告 (kérugma)」が「口調 (Ton)」に変更されて翻訳されている。

ヘルダーリンは、彼が〔彼の論考の〕出発点においてオイディプスの過ちとヒュブリスに与えている、神託の超解釈という意味にしたがって、この箇所でテイレシアスの呪詛を意図的に変更している。オイディプスは、神託を超解釈することによって、祭司－王の詐称要求をしているのである。〔この詐称要求がヘルダーリン訳では「口調 (Ton)」と表現されている。〕このようにして根本的に問題視されているのは、専制政治であるが、ここでは専制政治は、君主制という形態においてよりもむしろ（とはいえヘルダーリンは君主制という形態に対してはっきりと異議を唱えている）、神学的なものと政治的なものとの混同という形態において問題視されている。 (LO, 234)

参考までに、高津訳――

……だがおれは、あなたが自分の布告に従い、この地を穢す不浄の者として、この者たちにもおれにも話しかけないよう命令する。 （三五〇―三五四行）

★69――古典ギリシア悲劇の構成は、プロロゴス、パロドス、エペイソディオン、エクソドスなどの部分に区分される。ヘルダーリンはこの区分の代わりに、いわゆる「フランス的」区分（第一幕、第一場など）を採用している。LA, 181f. および、LO, 229f. を参照。

★70――2, 393.〔四巻、五一頁〕

★71――2, 394.〔四巻、五二頁〕

★72――2, 452.〔四巻、五七頁〕

★73――ギリシア語の poús は「足」の意。また、Oidípous は「腫れた足」も意味する。前掲『ギリシア悲劇Ⅱ　ソポクレス』、三〇一頁を参照。

★74――「神聖放棄」（『独和大辞典』小学館）ないし「自己無化」（『岩波哲学・思想事典』岩波書店）と訳されている。後者によれば、「新約では神であるにもかかわらず人間となり受難したイエスの受肉的在り方が〈ケノーシス〉と呼ばれ〔『フィリピ人への手紙』二：七〕救済論的意味をもつ。人間はキリストのこのケノーシスに倣って自我を無化し、罪の値である死（無）を克服して復活の生命に与るよう呼ばれている」。

★75 ――G. W. F. Hegel: Werke, Bd. 3, Frankfurt am Main 1994, S. 327ff.〔前掲『ヘーゲル全集4　精神の現象学(下)』、一一三一頁〕

★76 ――2, 455〔四巻、五九頁〕。なお、アンチ・テオスには「神に似た」という意味もある。ここでは弁証法的構造を考慮して相反する意味を指摘しておく。

★77 ――本訳書一二五頁参照。

★78 ――2, 453〔四巻、五八頁〕。「秘密の作業」はドイツ語原文では、»geheimarbeitend«。

★79 ――「否定性」も「作業」もともに、ヘーゲル弁証法を暗示している。

★80 ――第七章は、第六章の誤記と思われる。

★81 ――アリストテレス『詩学』第十一章。

★82 ――アリストテレス『詩学』第十章。

★83 ――catastrophe は、ギリシア語の katastrophé〔ひっくり返すこと〕に由来。また『独和大辞典』(小学館) では、語義の説明に um-kehren が挙げられている。kategorische Umkehr〔定言的転回〕との関連も参照されたい。

★84 ――antagonique は、anti〔対抗して〕+ agón〔闘争〕から成る。

★85 ――2, 396〔四巻、五四頁〕。さらに、ラクー＝ラバルトの以下の訳註を参照。「aufheben は、ここではこの語の弁証法的な意味で――とはいっても必ずしもヘーゲル的な意味ではないが――理解せねばならない」(LO, 245)。なお、周知のように、「弁証法的 (dialectique)」は、ギリシア語の「問答・対話の技術」を意味する dialektiké tékhne に由来する。

★86 ――本書、訳者解説、一三一頁ならびに一三九頁以下を参照されたい。

★87 ――「カント的に、無条件〔＝無制約〕的という意味。そしてもちろん定言命令にも呼応している」(LO, 245)。

★88 ――「〔Umkehr という〕語は一般に、たとえば『アンティゴネーへの注解』第三部に現われる『祖国的回帰 (retournement natal; *vaterländische Umkehr*)』のように、『転回 (détournement)』ないし『回帰 (retournement)』と訳されている。当時のドイツ語では、この語は、『転換期 (Umkeherung; le tournant)』という語と同様に、たいていはフランス革命を意味しており、一般に『転覆 (subversion)』『変動 (boulversement)』を意味していた。こうした意味合いを残すためにここでは、『反逆 (révolte)』『叛逆 (volte-face)』を採用した。そのさいには、悲歌『パンと葡萄酒』〔最終稿：H3b・第八節〕の以下の有名な詩句が念頭に置かれている。『父が人間たちからその顔を背けたとき、そして正当にも、哀悼 (*das Trauern*) が地上を支配したとき』」(LO, 245f.)。なお、悲歌『パンと葡萄酒』の出典箇所は、1, 1032〔二巻、一〇九頁以下〕。
★89――2, 396.〔四巻、五四頁〕
★90――「一七九九年一月一日、弟宛書簡」（2, 797〔四巻、三四二頁〕）参照。
★91――Martin Heidegger: Beiträge zur Philosophie. Gesamtausgabe, Bd. 65, Frankfurt am Main 1989, S. 405ff.
★92――H. Diels-W. Kranz: Die Fragmente der Vorsokratiker, Bd. 1, Berlin 1912, S. 100, B119. なお、ハイデガー訳では、「（親しく好ましい）居場所は、人間にとって、神というものの（親しく好ましく－ない・尋常なら－ざるものの）現存のための開けた局面である」（『「ヒューマニズム」について』渡邊二郎訳、ちくま学芸文庫、一九九七年、一二三頁）となっている。
★93――「歴史の条件」としての「歴史的《イストリアル》（historial）」は、その条件の内部で成立する、後出の「歴史的《イストリック》（historique）」と区別されて用いられている。
★94――ヘルダーリンのソフォクレス訳の冒頭には、『ソフォクレスの哀悼劇（Die Trauerspiele des Sophokles）』というタイトルが置かれている（2, 326）。
★95――2, 456.〔四巻、六〇頁以下〕
★96――2, 454.〔四巻、五九頁以下〕
★97――接頭辞 a の「欠如」（「欠如」のモチーフはラクー＝ラバルトにとって重要な意味をもつ）の意味を考慮して、「無神論」ではなく、「欠－神」と訳す。
★98――高津訳、九一〇行。
★99――ヘルダーリン訳、九二六行。
★100――2, 389.〔四巻、四七頁〕
★101――2, 320.
★102――2, 320.
★103――以下の註はもともと、『アンティゴネーへの注解』第三部（2, 456, Z. 16: »Geschick zu haben«〔四巻、六一頁、上段七行目〕）に付されていたものである。

Geschick. フランソワーズ・ダステュールの示唆（*Hölderlin, le retournement natal. Tragédie et modernité & Nature et poésie*, La Versanne, Encre Marine, 1997, p. 33〔『ヘルダーリン、祖国的回帰――悲劇と現代性、そして自然と詩作』〕）

にしたがって、ドイツ語の *Geschick* を « adresse »〔送り付けられたもの〔＝運命〕／巧みさ〕と翻訳する〔ドイツ語の Geschick は、schicken〔送る〕に関連している〕。ドイツ語の Geschick は、運命 (destin, fatalité, sort) であるが、また、巧妙さ (dextérité, habileté, savoir-faire) でもあるから。（後者の巧妙さという意味は、グリム兄弟〔のドイツ語辞典〕によれば、フランス語の「シックな (chick)」——これは、衣服の優れた着方、ないし優れた作法一般を意味し、次いで、巧みさ、自在さ、淀みのなさ、などを意味するが——と関係がないわけではない。）*Geschick* という用語は、ヘルダーリンにとっては明らかに、ギリシア語のテクネー (*tékhne*) を指し示す語であるが、しかしまた明らかに、*Schicksal*〔運命〕にも結びつけられている（すぐあとに現われる das *Schicksallose* は、ギリシア語の *tó dúsmoron*、すなわち悪い宿命、不運、不幸に相当する）。またさらに数行あとで、*Geschick* は *Schicklichkeit* に、つまり礼節、正しい作法、そつのなさ、適合に関連させられている。« adresse » という語は、それが、**送付** (*envoi*) という意味を内包しているかぎりでは、*Geschick* を *Schicksal* に結びつけている。しかし、« adresse » というフランス語〔訳〕では、*Schicklichkeit* への移行は確実ではない。 (LA, 208)

ヘルダーリンの演劇

**原註**

＊ユリウス・リービヒ＝ギーセン大学応用演劇研究所におけるヘルガ・フィンター教授のセミナーの一環として、一九九五年三月におこなわれた講演。

☆1 ——Hölderlin, *Œuvre*, Paris, Gallimard, « Bibliothèque de la Pléiade », 1967, p. 583 et p. 585〔2, 396; 四巻、五四頁〕。Robert Rovini による翻訳を多少修正。

☆2 ——Michel Deutsch, *Thermidor*, Paris, Chrintian Bourgois Éd., 1988.

☆3 ——Hölderlin, *op. cit.*, p. 657〔2, 114f.; 四巻、三頁以下〕。Denise Naville の翻訳を修正。

☆4 ——Jacques Taminiaux, *Le théâtre des philosophes*, Grenoble, Jérôme Millon, 1995.

☆5 ——Hölderlin, *op. cit.*, p. 951〔2, 389; 四巻、七頁以下〕。翻訳修正。

☆6 ——— *Ibid.*, p. 957 et p. 963〔2, 395; 四巻、五四頁／2, 455; 四巻、六〇頁〕。翻訳修正。Le « monstrueux » は das Ungeheure を、その最も厳密で最も強い意味において、すなわち「非－日常的なもの（l'in-habituel）」という意味において翻訳しようとしている。

☆7 ——— *Ibid.*, p. 957 et p. 966.〔2, 458; 四巻、六三頁〕

☆8 ——— *Ibid.*, p. 952.〔2, 390; 四巻、四八頁〕

☆9 ——— *Ibid.*, p. 952.〔2, 390; 四巻、四八頁〕

☆10 ——— 「メタフラシス」〔本訳書所収〕参照。

## 訳註

★1 ——— 『エンペドクレス』執筆の時期に、ヘルダーリンは、『詩作様式の相違について』『亡びのなかで生まれるもの』など、詩形式や悲劇などについての理論的ないくつかのエッセーを書いている。これらは未完成であり、ヘルダーリン自身によって公にされることはなかった。これらのテクストが「周辺」と言われている。

★2 ——— この翻訳は、その常軌を逸した試みのゆえに、ヴァイマールで「ひどく笑いものにされた」といわれる。前掲『手塚富雄著作集2——ヘルダーリン（下）』、四〇七頁参照。

★3 ——— 以下の分析についてはやはり、フィリップ・ラクー＝ラバルト「思弁的なるものの休止」（『近代人の模倣』）を参照されたい。

★4 ——— 「メタフラシス」訳註25参照。

★5 ——— Friedrich Nietzsche: Sämtliche Werke, Bd. 1, München 1980, S. 479.〔『ニーチェ全集Ⅰ—5　反時代的考察・第四篇』三光長治訳、白水社、一九八〇年、六八頁〕

★6 ——— 2, 899.

★7 ——— アリストテレス『詩学』、第六章、第七章、第十四章参照。なお、アリストテレスは、sústasis と súnthesis とを使っているが、岩波文庫版『詩学』（『アリストテレース・詩学／ホラーティウス・詩論』松本仁助・岡道男訳、一九九七年）では、両者とも「組み立て」と訳されているので、ここでもそれを踏襲する。

★8 ——— 以下にも引用される『エンペドクレスの基底』の次の箇所を参照。「悲劇的頌歌 (ode tragique) もまた、このうえなく明確な差異において、つまり実際の対立において、内面的なものを呈示するが、しかしこの対立はここでは、むしるただ形式においてのみ、つまり感覚の無媒介の言葉としてのみ存在する」(2, 114.〔四巻、三頁以下〕)。すなわち、悲劇的頌歌は、途方もないもの(ト・デイノン)を無媒介に、つまり「純粋」に表現しようとするというのである。

★9 ――――ディレクトワール〔総裁政府〕的様式とは、総裁政府時代(一七九五―九九年)に流行した装飾中心の様式を謂う。

★10 ――――プラトン『国家』第三巻、六章～九章(393B)参照。「〔『イリアス』の冒頭でホメロスは、〕あたかも自分がクリュセスであるかのように語り、話しているのはホメロスではなく年老いた神官であるというふうに、できるだけわれわれに思わせようと努めている」(プラトン『国家(上)』藤沢令夫訳、岩波文庫、一九七九年、一九五頁)。

★11 ――――〔……〕の箇所のドイツ語原文は、ラクー＝ラバルトのテクストでは省略されている。

★12 ――――多少蛇足になるかもしれないが、「思弁的なるものの休止」における関連箇所を挙げておく。「最も深い内面性」を表現する手段としての「象徴」もしくは「アナロジー」の導入、すなわち「ミメーシス的(ないし劇的)言表行為の様態についてのプラトン的問題系への『回帰』」は、「悲劇の思弁的解釈を基礎づけていた逆説であり、組織上、弁証法的である悲劇の構造を演繹(あるいは再構築)することを可能にしていた逆説にほかならない」。しかし「このたえまなく再開される弁証法の端緒には、解決〔＝解消〕の原理が欠けており、欠け続けているのだ」。(Lacoue-Labarthe, *L'imitation des modernes*, *op. cit.*, pp. 62-63.〔前掲『近代人の模倣』、八八―九〇頁〕)

★13 ――――ラクー＝ラバルトのディドロ論「パラドクスとミメーシス」(*Ibid.*, pp. 15-36.〔同前、一〇―四七頁〕)を参照。

★14 ――――したがって、「思弁的(spéculatif)」は、theoría に関連する speculari として、形而上学的意味で、神の顕現・現前化を見ることを意味するだけでなく、いわば〈神の不在化を見る〉ことをも意味すると言えるだろう。それゆえこの意味での「思弁的」は「欠－神論」としての「神学」につながると考えられる。

★15 ――――mystique は、ギリシア語の mustérion〔秘儀・奥義〕に由来する。ヘルダーリンでは、神が通常の意味で「啓示」されずに、絶対的に秘密で秘儀的なものにとどまること、つまり神の不在化が問題であるので、le drame de la mystique を「神秘神学」ないし「秘儀神学」と訳す。

★16 ――――「mekhané は、巧みな創意(invention ingénieuse)を、さらに拡張された意味では、熟達(habileté)、技芸(art)を表わす」(LO, 207)。ちなみに、『近代人の模倣』では「技術的厳密さ(rigueur technique)」と訳されていた(*Ibid.*, p. 81.〔同前、一一七頁〕)。

★17 ――――本訳書五八頁の一の「詩人の状況」のくだりを参照。

★18 ――本訳書六六頁の二つのくだりを参照。

★19 ――fable は語源的に、fari〔話す〕と関連。fari についてはさらに、「メタフラシス」訳註16を参照。

★20 ――キリスト教用語では「性的な罪を想像して味わう快楽」を意味する。

★21 ――「メタフラシス」訳註16参照。

★22 ――以上の三カ所の引用は、2, 391〔四巻、四九頁〕による。

★23 ――2, 458.〔四巻、六三頁〕

★24 ――2, 394.〔四巻、五二頁〕

★25 ――2, 452.〔四巻、五七頁〕

★26 ――Sophocle, *Œdipe Roi*, Paris, Les Belles Lettres, 1972, p. 96. ヘルダーリン訳では、» verbannt vom Lande «（六八六行）、高津訳では「この地より追われる」（六六六行）となっている。

★27 ――アリストテレス『詩学』第六章。

★28 ――同前。

★29 ――2, 395.〔四巻、五三頁〕

★30 ――フランス革命、そしてナポレオンを恐れたドイツ（諸邦）の政治状況を言っている。ドイツ（諸邦）が恐れていたのはさらに、ヘルダーリンのような革命賛成派の、ドイツの知識人が「共和国」樹立のために政治的陰謀を企てることであった。

★31 ――2, 457.〔四巻、六二頁〕

★32 ――2, 458.〔四巻、六三頁〕

★33 ――「Empfindungssystem. 字義的には、感性システム (système de sensibilité)。これが最も正しい翻訳であろう。しかし、ヘルダーリンは、すぐあとの箇所で、表象 (Vorstellung; représentation)、感覚 (Empfindung; sentiment)、理性 (Räsonnement; raisonnement) という『魂の機能』の古典的三分割（この三分割は美学の慣例的用語法では、想像 (imagination)、感性 (sensibilité)、悟性 (entendement) である）を喚起しながら、Empfindung という語をふたたび使用している。『オイディプスへの注解』で Empfindung という概念が初出時に担っている、以上のような非常に一般的な価値（初出時に、この概念は『人間全体 (der ganze Mensch)』を表わしているのである）、ならびに、この概念のカント的な多元決定（ヘルダーリンは、派生的直観 (*intuitus derivativus*)、すなわち『触発』そして有限な経験という地平において、作品の計算を考察しているのである）を尊重して、フランソワ・フェディエによって提起された翻訳〔つまり本文にある『受容性のシステム』〕をもちいた」(LO, 243)。

★34 ――――「Element. この概念は、以下でもちいられる『自然の威力 (*Naturmacht*)』、および『アンティゴネーへの注解』に現われる『人間に永遠に敵対する自然の過程 (*der ewige menschenfeindliche Naturgang*)』と同義である。エレメントという概念は、制約された、ないしは有限な (*begrenzt*) 個別性という概念に対立する」(LO, 243)。

★35 ――――「『オイディプスへの注解』よりもずっと明快に見てとれることであるが、ヘルダーリンは悲劇を、そして芸術作品一般をシステムという地平のもとに考えているようである。これはおそらく、悲劇を出来事の組み立て (*sústasis tôn pragmáton*) とするアリストテレスの定義――しかしこの定義は、哲学的には転調されているが――の（遠い）影響であろう」(LA, 206)。なお、このラクー＝ラバルトによる註はもともと、『アンティゴネーへの注解』冒頭の第二段落の末尾 (2, 451〔四巻、五五頁〕）にかんして付されたものである。

★36 ――――「Transport. これは、古典的な用法における、フランス語の単語である。この単語は、ヘルダーリンが（たとえば『詩作様式の相違について』といった、〔ソフォクレス翻訳より〕以前に書いた彼の詩論的エッセーのなかでもちいている『隠喩 (*Metapher*)』という用語に――まったく異なった意味においてであるが――取って代わるものである。Transport はここでは、『〔オイディプスへの〕注解』第三部が分析している『転回』（ないし、反逆もしくは叛逆）という悲劇的『瞬間』を表わしている」(LO, 243f.)。

訳者（吉田）への指示のなかでラクー＝ラバルトは、以下のように言っている。「Transport は、« aller se porter vers (quelqu'un) au-delà de soi »〔自己を越えて、（誰か）へと向かうこと〕という意味である。« transport amoureux » とは、『恋の陶酔』の意味。また、ルソーはこの語を次の意味で使用している。« Je suis transporté hors de moi. »〔わたしは自己を越えて運んでいかれる＝われを忘れて興奮させられる〕」、と。

なお、『グラン・ロベール』によれば、transport は、fureur〔熱狂〕、rage〔激怒〕、déchaînement〔激情〕、extase〔恍惚〕、délire〔狂気〕、enthousiasme〔神懸かり〕などを意味する。

★37 ――――2, 389.〔四巻、四八頁〕

★38 ――――2, 391.〔四巻、四九頁〕

## 原註

☆1 ――ピエール・ベルトーは、彼の『フリードリヒ・ヘルダーリン』（ズーアカンプ社、一九七八年）で、証拠資料を援用して、以下のように、ヘルダーリンの狂気という「伝説」に反対している。――ひとびとがヘルダーリンを病院に収容したのは、シュヴァーベン共和国の樹立をめざした「自由人同盟」の失敗に終わった謀反の結果おこなわれた、法律上の責任追及（彼の友人シンクレーアとゼッケンドルフはこれに巻き込まれた）からヘルダーリンを逃れさせるためであり、そして次にヘルダーリンがテュービンゲンでの「隠遁」を受け入れたのは、一八〇六年に医師アウテンリートがヘルダーリンに、もはや二、三年の余命しかないだろうと言い渡したことに加えて、「彼の生活のための解決策」は、いまやそれ以外にはなかったからである。

☆2 ――ヘルダーリンはたとえば、彼が最後期に求めに応じて書いた、（いわゆる「狂気の」）いくつかの短い詩に「スカルダネルリ」と署名することになるが、それは、彼の原稿の密売を当て込もうとするのを、ことごとく欺くためであったらしい。

☆3 ――Pierre Emmanuel, *Le Poète fou* (Le Seuil); Marc Chodolenco, *Dem folgt deutscher Gesang/Tombeau de Hölderlin* (Hachette-Littérature); Jacques Teboul, *Cours Hölderlin !* (Le Seuil).

☆4 ――詩の初のアンソロジー、すなわちギュスターヴ・ルーによるものとジュヌヴィエーヴ・ビアンキによるものは、一九四二年と一九四三年に刊行されている。

☆5 ――トラークルにかんしても同様の現象が比較的最近生じた。ハイデガーの二つの講演（« La parole » et « La parole dans l'élément du poème », in *Acheminement vers la parole*, Gallimard）がフランスで出版されたことで、突然トラークルの名声が確立されたのである。〔Martin Heidegger: Die Sprache. u. Die Sprache im Gedicht. In: Gesamtausgabe, Bd. 12, Frankfurt am Main 1985, S. 7-30 u. S. 31-77. マルティン・ハイデッガー「言葉」ならびに「詩における言葉」、『言葉への途上』亀山健吉ほか訳、創文社、一九九六年、三―三三頁、および三五―九三頁〕

☆6 ――ゲーテの『親和力』についてのベンヤミンのエッセーに見出される（*Mythe et violence*, p. 235）。〔Walter Benjamin: Goethes Wahlverwandtschaften. In: Gesammelte Schriften, Bd. I-1, Frankfurt am Main 1977, S. 123-201. ヴァルター・ベンヤミン「ゲーテの〈親和力〉」、『ベンヤミン・コレクション1』浅井健二郎訳、ちくま学芸文庫、一九九五年、

三九一一八四頁〕

☆7 ――――*Jargon der Eigenlichkeit* (Suhrkamp, 1964).〔Theodor W. Adorno: Jargon der Eigentlichkeit. In: Gesammelte Schriften, Bd. 6, Frankfurt am Main 1997, S. 413-526; テオドール・アドルノ『本来性という隠語』笠原賢介訳、未來社、一九九二年。なお、次のベケットの引用は、サミュエル・ベケット『名づけえぬもの』からのもので、アドルノのドイツ語原典では S. 414、邦訳では六頁に置かれている。〕

☆8 ――――*Approche de Hölderlin*, p. 114, note. 当然ながら、アドルノはこのくだりを見つけ批判している。〔Martin Heidegger: Gesamtausgabe Bd. 4, Frankfurt am Main 1981, S. 90.「追想」(「回想」) 土田貞夫・竹内豊治訳、『ヘルダーリンの詩の解明』手塚富雄ほか訳、理想社、一九五五年、一四〇頁〕

☆9 ――――このモチーフは、『三つのヘーゲル研究』(Payot, « Critique de la politique », pp. 134-135 et 150 sq.〔テオドール・アドルノ『三つのヘーゲル研究』渡辺祐邦訳、河出書房新社、一九八六年〕) 所収の「暗い人《スコティノス》――またはヘーゲルをどう読むか」で展開されている。

☆10 ――――わたしのエッセー「思弁的なるものの休止」(ヘルダーリン『ソフォクレスのアンティゴネー』所収) を参照されたい。〔現在は、Philippe Lacoue-Labarthe, *L'imitation des modernes*, *op. cit.* に所収。邦訳『近代人の模倣』はみすず書房刊。〕

☆11 ――――*Approche de Hölderlin*, pp. 193-194.〔Heidegger: a. a. O., S. 151; 前掲『ヘルダーリンの詩の解明』、二二七頁〕

## 訳註

★1 ――――Maurice Blanchot, « La parole "sacré" de Hölderlin », in *La part du feu*, Paris, Gallimard, 1949, p. 124.〔モーリス・ブランショ「ヘルダーリンの『聖なる』言葉」『焔の文学』重信常喜ほか訳、紀伊國屋書店、一九九七年(完本・新装版)、一四八一一四九頁〕

★2 ――――*Ibid.*, p. 125.〔同前、一五〇頁〕

★3 ――――Stéphane Mallarmé, *Correspondance*, vol. 1, Paris, Gallimard, 1959, p. 246.〔『マラルメ全集 4 書簡 I』阿部良雄ほか訳、筑摩書房、一九九一年、三三一頁、書簡番号一一三〕

★4 ――――2, 933.〔四巻、四七一頁〕

★5 ――――2, 929.〔四巻、四六五頁〕

★6———ベッティーナ・ブレンターノ。ベッティーナ・フォン・アルニム（一七八五—一八五九）のこと。ドイツ・ロマン派の女流作家。その著『ギュンデローデ』（一八四〇年）は、いくつかの箇所でヘルダーリンに言及しているが、とくにヘルダーリン訳『オイディプス』が絶賛されている。（Bettina von Arnim Werke und Briefe in 3 Bdn., hg. v. Walter Schmitz, Frankfurt am Main 1986, Bd. 1, S. 430f.）

★7———ヴィルヘルム・ヴァイブリンガー（一八〇四—一八三〇）。ドイツ・ロマン派の詩人。『ヘルダーリンの生涯、作品そして狂気』（一八三一年）以外にも、ヘルダーリンをモデルとした『ファエトーン』（一八二三年）がある。（なお、ヴァイブリンガーについては、前掲『手塚富雄著作集2——ヘルダーリン（下）』、四八六頁以下に詳しい。）

★8———グスタフ・キューネ（一八〇六—一八八八）。雑誌編集者、小説家。

★9———ズゼッテ・ゴンタルトのこと。ヘルダーリンは、フランクフルト時代、ゴンタルト家の家庭教師を勤めた。ヘルダーリンは同家の夫人ズゼッテを「ディオティーマ」と呼び、彼女をめぐって、『ヒュペーリオン』をはじめ、いくつもの詩を書いている。

★10———エルンスト・ツィンマーは、「狂気」のヘルダーリンの世話を引き受けた。ヘルダーリンは彼の家で、死にいたるまでの三十六年間を過ごす。

★11———Walter Benjamin: Zwei Gedichte von Friedrich Hölderlin. In: Gesammelte Schriften, Bd. II-1, Frankfurt am Main 1977, S. 105-126.〔ヴァルター・ベンヤミン「フリードリヒ・ヘルダーリンの二つの詩作品」、『ドイツ・ロマン主義における芸術批評の概念』浅井健二郎訳、ちくま学芸文庫、二〇〇一年、二六七—三三〇頁〕。一九一四年のベンヤミンのこの遺稿は、一九五五年にアドルノによって公刊された。以下で論ぜられるアドルノのヘルダーリン論「パラタクシス」は、ベンヤミンのこのヘルダーリン論を継承・発展させている。

★12———周知のように texte は、ラテン語の textus〔織物〕に由来する。

★13———Friedrich Schiller: Werke, Bd. 20, Weimar 1962, S. 413-503.〔フリードリヒ・シラー『素朴文学と情感文学について』高橋健二訳、岩波文庫、一九五九年〕

★14———Blanchot, *op. cit.*, p. 118.〔ブランショ、前掲書、一四〇頁〕

★15———『ヘルダーリンの詩の解明 (Erläuterungen zu Hölderlins Dichtungen)』のガリマール版仏訳は、« Approche de Hölderlin »〔『ヘルダーリンへのアプローチ』〕となっているが、ラクー＝ラバルトはむしろ文字通り、« Éclaircissements »〔解明〕と訳している。

★16 ――――Martin Hiedegger: Gesamtausgabe, Bd. 4, Frankfurt am Main 1981, S. 8.〔『ヘルダーリンの詩の解明』手塚富雄ほか訳、理想社、一九五五年、四頁〕

★17 ――――ハイデガーのナチ問題についてのラクー＝ラバルト自身の見解は、もちろん、*La fiction du politique*, Paris, Christian Bourgois Éditeur, 1987〔『政治という虚構』浅利誠・大谷尚文訳、藤原書店、一九九二年〕を参照されたい。

フーゴ・オットは、その著『マルティン・ハイデガー』で、『形而上学入門』（一九三五年フライブルク大学講義）と『ヘルダーリンの讃歌「イスター」』（一九四二年フライブルク大学講義）における、ハイデガーによるナチズムへの言及箇所を指摘している。

『形而上学入門』講義について――

「今日、まさしくナチズムの哲学としてあちこちで喧伝されているが、しかし、国家社会主義の〔des Nationalsozialismus〕内的真理や偉大さとはまったくなんの関係もないものが、前述のような〈価値〉や〈全体性〉という濁った水域で魚群を形成しているのである。」

したがって、ハイデガーは、「しかし、こうした運動の内的真理や偉大さとは（すなわち地球規模で規定された技術と近代的人間との出会い）とはまったくなんの関係もない」と彼がのちに推敲して出版したようには、講義で語っていなかったのである。

(Hugo Ott: Martin Heidegger. Unterwegs zu seiner Biographie. Frankfurt am Main 1988, S. 277〔フーゴ・オット『マルティン・ハイデガー――伝記への途上で』北川東子・藤澤賢一郎・忽那敬三訳、未來社、一九九五年、四三〇頁〕、さらにMartin Heidegger: Gesamtausgabe. Bd. 40, Frankfurt am Main 1983, S. 208〔マルティン・ハイデガー『形而上学入門』川原栄峰訳、平凡社ライブラリー、一九九四年、三三三頁〕。)

オットによれば、右の傍点の箇所は、ハイデガーによって講義時には語られたが、公刊されたテクスト（一九五三年刊）および全集版（一九八三年刊）には収録されていない。

『イスター』講義について――

ほとんどの「研究成果」において、ギリシア人は生粋の国家社会主義者として現われている。学者たちのこうした過度の熱意が見落としていると思えることは、こうした熱意はそのような「成果」によっては国家社会主義やその歴史的な独自性に対してまったくなんの貢献もおこなうことにはならず、それどころか、国家社会主義はそうした貢献を必要としてはいない、ということである。

(a. a. O., S. 287〔オット、前掲書、四四六頁〕。Martin Heidegger: Gesamtausgabe. Bd. 53, Frankfurt am Main 1984, S. 98〔マルティン・ハイデッガー『ヘルダーリンの讃歌「イスター」』三木正之ほか訳、創文社、一九八七年、一一六頁〕。さらに同様の箇所として、同書のドイツ原文一〇六頁、同邦訳一一六頁も参照。)

★18 ——ラクー＝ラバルトのこのテクストは、「訳者あとがき」にも記してあるように、ヘルダーリンの詩のアンソロジーへの「序文」である。そして同書のヘルダーリンの詩の翻訳は、アルメル・ゲルヌの手になるものである。(ちなみに、アドルノの「パラタクシス」は、シビル・ミュラーによる。さらに同書では、『パンと葡萄酒』の戦後のフランス語訳が年代順に比較されている。ラクー＝ラバルト自身は同詩の最終稿〔H3b〕を翻訳し掲載している。)

★19 ——Theodor W. Adorno: Parataxis. In: Gesammelte Schriften, Bd. 11, Frankfurt am Main 1997, S. 447-491.〔「パラタクシス」高木昌史訳、『批評空間』第Ⅰ期第五号、一九九二年〕

★20 ——たとえば、Martin Heidegger: Gesamtausgabe, Bd. 4, Frankfurt am Main 1981, S. 7.〔前掲『ヘルダーリンの詩の解明』、三頁〕、ならびに、Benjamin: Zwei Gedichte von Friedrich Hölderlin, a. a. O., S. 105.〔「フリードリヒ・ヘルダーリンの二つの詩作品」、前掲『ドイツ・ロマン主義における芸術批評の概念』、二六八頁〕を参照。ただし、ベンヤミンの同訳書では、彼独自の考え方を表わすために、das Gedichtete は「詩作されてあるもの」と訳されている。

★21 ——Walter Benjamin: Der Begriff der Kunstkritik in der deutschen Romantik. In: Gesammelte Schriften, Bd. I-1, Frankfurt am Main 1977, S. 103ff.〔同前、二一八頁以下〕、ならびに、Ders.: Zwei Gedichte von Friedrich Hölderlin. a. a. O., S. 125.〔同前、三二八頁〕を参照。なお、ラクー＝ラバルトは、« Il faut » ならびに « Le courage de la poésie »(ともに、Philippe Lacoue-Labarthe, *Heidegger. La politique du poème*, Paris, Galilée, 2002, pp. 79-115 et pp. 117-155〔「ねばならない」「詩作の勇気」、『ハイデガー——詩の政治』西山達也訳、藤原書店、二〇〇三年、九九—一四九頁・一五一—二一〇頁〕)で、「散文主義」および以下で言及される「冷徹さ」について詳細に論じている。

★22 ——Theodor W. Adorno: Drei Studien zu Hegel. In: Gesammelte Schriften, Bd. 5, Frankfurt am Main 1997, S. 366.〔テオドール・アドルノ『三つのヘーゲル研究』渡辺祐邦訳、河出書房新社、一九八六年、一九九頁〕

★23 ——opération は、ラテン語の opus〔働き、作品〕に関係する。フランス語原文の « mise en œuvre » は、一般には「実行すること・実施」であるが、ここでは文脈上、opus〔作品〕の意味を考慮して文字通り、「作品化」と訳す。

★24 ——ドイツ語原文の Fuge は、「フーガ」および「継ぎ目」の意。

★25 ——本論文訳註21参照。なお、ドイツ語の原語は、»nüchtern«。

# 訳者解説

高橋 透

## はじめに

一読されればおわかりのように、本訳書は「神に酔える」ヘルダーリンの苦闘の痕跡の書である。それにしても、なぜ、サイエンス、テクノ・サイエンスの現代に、神との一体化や神との分離などといったことが論じられねばならないのだろうか。そんなものはアナクロニズムではないか。たしかにそうかもしれない。けれども、現代の先端サイエンスが昼夜、取り組んでいる課題、それは、ピラミッドの時代から人間がかわることなく抱きつづけてきた欲望ではないのだろうか。つまり、「永遠の生」を希求する欲望（少なくとも、それへと一歩でも近づこうとする欲望）だ。このことは、たとえば臓器移植、ヒトゲノム解読、遺伝子治療といったバイオ・テクノロジー系の研究が何を追求し実現しようとしているのかを思い起こしてみるならば首肯できるであろう。それは、わたしという一定の寿命をもった有限の存在を（少しでも）超えでて、わたしの（生への）欲望を拡張させてくれるのである。サイバー・スペース、ヴァーチャル・リアリティについても同じことが言える。それは、わたしの眼前には存在しないものをあたかも存在するかのように示してくれるが、このことでわたし（の欲望）は、いまここに縛られた有限のあり方を抜けて、空間的にも時間的にも拡張することができるようになるのである。そうであれば、サイエンス、テクノロジーと宗教とのあいだには、言われているほど大きな隔たりはないし、それどころか、むしろ両者は、方法こそまったく違っているにしても、同じ「不死性」という目標をめざしているのだと言えるだろう。「永遠の生」を希求すること、これは、かつては神にしかなしえないことであった。しかし、サイエンスはそれをわずかであっても実現可能に近づけている。そうであれば、なおさら、永遠の生という神に接近し、神とひとつになろうとする欲望の行く末を、たとえ迂遠なように見えようとも、神との関連で考察していくことが必要不可欠であろう。（以上とは反対に、かりに能動的に「永遠の生」を希求するのではなく、むしろ受動的に、流されて、透明になりながら、場合によっては「死」を受け入れるのだとしても、もしこの死が一種の「救い」あるいは「安寧」であると考えられているならば、そうしたいき方は「永遠の生」という救いと安寧の追求と結局は同じことを目指しているのではないだろうか。）

解説を始めるまえに、本訳書の構成について一言。本訳書は、「序文」、「メタフラシス」および「ヘルダーリンの演劇」という一冊の本として公刊されたものに、さらに『ヘルダーリン詩集』のラクー＝ラバルトによる「序文」が付加されている。「『ヘルダーリン詩集』への序文」は、ドイツ・ロマン派、ハイデガー、アドルノのヘルダーリン受容ならびにそれらへのラクー＝ラバルトの批判的スタンスを述べたものである。これに対して、「メタフラシス」および「ヘルダーリンの演劇」は、むしろラクー＝ラバルトのヘルダーリンへのスタンスを積極的に叙述した論文と位置づけることができるであろう。以下では、まずアリストテレスの悲劇論を通じて「メタフラシス」と「ヘルダーリンの演劇」を概観し、次いでラクー＝ラバルトのほかのヘルダーリン論と比較する。そして最後に「『詩集』への序文」のハイデガー問題を取り上げよう。

## Ⅰ　アリストテレスの悲劇論

まずは、アリストテレスの悲劇論から始めよう。ヘルダーリンはアリストテレスの悲劇論に「操作」を施すことによって、新たな悲劇論をうち立てたのであるから。渡邊二郎は『芸術の哲学』のアリストテレスの悲劇論の章で、ソフォクレス研究者のラインハルトを引用しながらこう書いている。「悲劇とは、昂揚した人間的自由が挫折するといった『人間的運命の悲劇』にその本質があるのではなく、むしろ、誤った仮象が打ち砕かれて、自己と世界の真相が露呈されてくるのを欺瞞なく直視せざるをえないという『人間的仮象の悲劇』にその眼目があるとされる。〔……〕誤った思い込みや確信、幻想や錯覚に囚われていた『非力』な人間が、おのれの生と世界内存在の真実の前に屈服せざるをえないという、無知・無明と迷いと真実との間の葛藤が、人間的悲劇の本質を形作ると言っても、過言ではないであろう」[★1]。ちょうど、洞窟のなかに囚われていた人間が、臆見から強引に引き離され、苦しみながら洞窟の外へ出て、真理の太陽を目の当たりにするように[★2]、アンティゴネーにせよオイディプスにせよ、自分を囚えていた幻想や錯覚から、葛藤のうちに、文字通り身の破滅をこうむりながら、あるいは知の象徴である眼をつぶし狂気にさらされながら、引き離され、そしてついには「神の道」[★3]を、つまり真理を悟るにいたるのである。したがってここでは、はじめ真理であると考えていたものが実は臆見であることが明らかになり、このはじめの真理が、それを信じていた者もろとも滅びさる。このようにして、小さな真理は乗り越えられ、大きな真理が開示されるのである。（小さな）真理はいったんは否定され放棄されるが、しかし真理は（大きな）真理の開示・啓示といった形で、形を変えながらも取り戻されるのである。これは、失ったものを再び自己のものにするという意味で、「弁証法的」であり「思弁的」である。失ったものを再び自分の所有に取り戻すこの運動を、デリダにならって「再自己所有化」[★4](réappropriation)の論理と呼ぶことができるだろう。この論理は、ドイツ観念論の悲劇論にも見てとることができる。シェリングは、「有罪の無罪の人オイディプス」という矛盾に着目することで、この論理を表現している。つまり、「悲劇の主人公は、自分が犯していない過ちに対する罰を受け入れ、かくして死ぬことで、彼の譲渡不可能な自由を主張するのである」。主人公は、死ぬことで救われるのだ[★5]。こうした論理は、いたるところで見受けられるであろう。たとえば、死んでから、天国、極楽に召されるというのがその典型である。また、最悪の形態としては「死して生きる」式の「英雄」論などがそうである。結局のところ、再自己所有化の論理は、「永遠の生」の論理であって、ある意味では人間のもっとも根本的な欲望であると言える。冒頭で見たように、この論理が宗教のみならず、サイエンスをも通底する論理なのだ。

I—1　ミメーシス、ハマルティアー、マテーシス

アリストテレスは詩作、ひいては悲劇が創作される理由についてこう述べている。「⑴まず、ミメーシスすることは、子供のころから人間にそなわった自然な傾向である。しかも人間は、もっともミメーシスを好みミメーシスによって最初にものを学ぶという点で、他の動物と異なる。⑵つぎに、すべての者がミメーシスされたものをよろこぶ《カイレイン》ことも、人間にそなわった自然な傾向である。〔……〕その理由は、学ぶことが哲学者にとってのみならず、他のひとびとにとっても同じように最大のたのしみ《ヘーディスタ》であるということにある★6」と。

まず、ミメーシスとは何だろうか。ミメーシスは、たんなる真似や模倣ではない。悲劇芸術のミメーシスとは、「(本質) 呈示 (Darstellung)」なのである。ソフォクレスはオイディプスにまつわる伝承に取材し、これを、史実を超えた物語へと作り直す。この作り直され、創作された物語には、当然ながら虚構の部分も含まれているが、しかしこの虚構によって逆に、個々の史

実・現実を超えて、人間全般にかかわる真理が呈示されるのである。ミメーシスはだから、虚構における真理・本質の呈示であると言えるだろう。そしてこのように、ミメーシスが本質呈示なのであれば、ここから、それが「学び《マテーシス》」に、つまり本質・真理の学びに直結することはすぐに理解される。悲劇の登場人物を観るわれわれは、はじめ囚われていた臆見を、それが臆見であることを「認知《アナグノーリシス》」する。そしてここで、すべての事態が急転回（「逆転《ペリペティア》」）し、悲劇が生じるのである。ここから逆にわかることは、登場人物は、はじめは「誤り《ハマルティアー》」におちいっていたということである。「ハマルティアー」はギリシア語の「ハマルテネイン」（「間違える（err）」、「仕損じる（fail）」）に由来している。それは「『正しい決断がなされるべきならば必要でもあったはずの知の欠如』、つまり『悪い意図なしの無知』である」★7。アリストテレスの悲劇論はそれゆえ、無知から脱却して知をめざす、知の洞察に真髄があると言えるだろう。無知といえどもはじめは知であると思われていたのだから、この悲劇論は、あくまでも知という地平に立脚しているのである。（あとで述べるが、ヘルダーリンは知の地平そのものをヒュブリスと考える。）

### I―2　カタルシス

アリストテレスのカタルシスについての有名な定義によれば、「悲劇とは〔……〕エレオス［嘆き］とフォボス［怖れ］を通じて、そのようなパトス［受苦］のカタルシスを達成するものである」[★8]。まず、エレオス、フォボス、パトスについて。これらをガダマーは以下のように解説している。「エレオスとは嘆き (Jammer) であり、それも悲惨なものを眼のあたりにすると見舞われる嘆きのことである。オイディプスの運命は、このようにして観る者を嘆きの淵に沈める。〔……〕フォボスとは〔……〕血が凍りつき、身の毛もよだつ寒気をともなう戦慄である。〔……〕フォボスが意味するのは、奈落へと破滅の道を急ぐ者を見て、怖さのあまり身を固くするわれわれが思わず覚えるあの怖れという戦慄 (Schauer der Bangigkeit) なのである。嘆きと怖れとは、眼前で起こる事件のなかに引き摺り込まれ魅了されることを示す、恍惚《エクスタシス》 (Ekstasis)、すなわち、我を忘れた脱我の在り方 (Außer-sich-sein) である」[★9]。ところでギリシア語のパトス[★10]は、主体的・能動的な情熱・情念よりも、むしろ「受けること、見ることによって引き込まれ捉えられている状態[★11]」を意味している。つまり、パトスとは、我の外に出てしまっている (Außer-sich-sein) という意味での脱我であり、恍惚《エクスタシス》である（ギリシア語のエクスタシスもまた、「自分の外に出ていること」の意）——これは、プラトンがマニアーと呼び、ヘルダーリンがトランスポール［激情・恍惚］と呼んでいるものにほかならない。嘆きと怖れはこうした意味でのパトスを代表するものなのである。

それでは、悲劇が「そのようなパトスのカタルシス」を成し遂げるというのはどのような意味であろうか。渡邊によれば、同情と恐怖、嘆きと怖れに襲撃されることは、「『苦悩に充ちた分裂』を意味し、そこで生ずる事件には付いてゆけないという『違和感』、そこで生起する出来事を『認めたくないという気持ち』を表わしている。その一方でしかし、最終的には、悲劇の主人公がその運命を従容として『受け入れる』のを観て、『存在するものとの分裂』も『解消し』、こうして『観客は、運命の威力に直面して、自己自身と自己自身の有限の存在を認識する』に至る」[★12]。このようにして悲劇を観る者は、生とは、この世の中とは「〈そうしたものであるのか〉」[★13]という、真相・真理の認識に達する。つまり、(小さな)真理に拘泥する自己は、いったん苦悩に充ちた分裂によって引き裂かれることによって、逆に(大きな)真理の認識を獲得する。このようにして、苦悩に充ちた分裂、すなわち受苦《パトス》は解消されるにいたる。この解消が、アリストテレス的に解釈されたカタルシスの作用なのである。

アリストテレスは、「〔悲劇の〕作者がなすべきことは、嘆きと恐れから生じるよろこび《ヘードネー》をミメーシスによってつくりだすことである」[★14]と言い、このよろこびが「悲劇に固有のよろこび《ヘードネー》」[★15]であると語っている。そうだとすれば、この「よろこびが、カタルシスと密接に結びついていることは明らかである」[★16]。カタルシスによる受苦の解消のあとには、よろこび《ヘードネー》が生まれるのだ。また先の引用でアリストテレスは、ミメーシスを通じての学びは「最大のたのしみ《ヘーディスタ》」であると言っていたが、こうした学びのたのしみが、悲劇のよろこび《ヘードネー》でもあると言えるだろう[★17]。無知から知への学びとしてのミメーシスは、パトスという受苦のカタルシスを経てよろこび《ヘードネー》をもたらすのである。こういったわけで、アリストテレスの悲劇論は、無知を経て知へ、苦を経て快へという一種の弁証法的・思弁的論理に、つまり再自己所有化の運動に貫かれているのである。

この再自己所有化の動きは、分裂の要素を認めつつも最終的にそれをいわば（大きな）一体化のなかへと取り込み、解消し排除しようとする。それゆえ、ラクー＝ラバルトは、これを「排除（purger）」[★18]にもとづくカタルシス解釈と特徴づけるのである。

## II　ヘルダーリンの悲劇論

アリストテレスの悲劇解釈は、無知を経て知へという知の弁証法的希求であった。ヘルダーリンは、こうした知の希求を「神との無際限の一体化」と解釈している。なぜなら、知の希求とは最終的には神的な知を求めることであり、神に無際限に接近し合一しようとすることにほかならないからである。しかし、もしそうした神との合一が達成されたとして、それは本当に神との合一なのだろうか？　言いかえれば、それは本当に、神を知ることであり、神への愛であり、神への崇敬の念なのだろうか？　そうではないであろう。なぜなら、神と無際限に一体化すること、そして神を把握し尽くそうとすることは、人間が神を我がものにすること（アンティゴネー）であり、もっぱら人間の知の枠組みにしたがって神を解釈すること（オイディプス）であり、要するに、神を人間化することであって、神を蔑することに等しいからである。そうした無際限の一体化は、ヒュブリス［瀆神・不敬虔］なのである。

したがって、神に忠実であろうとするならば、神は人間から絶対的に引き離されなければならない。神と人間の無際限の一体化は、無際限の分離によって「浄化[★19] (purifier)」されねばならないのである。したがって人間は神に忠実であろうとするならば、人間は神に対して「不実」でなければならない。神に対して不実であればあるほど、つまり神を神として立て、神を人間化から引き離しておけばおくほど、それだけますます神を神として崇敬し、神に忠実であることができるのである。不実であればあるほど、ますます忠実であり、またその逆でもある。不実の忠実、忠実の不実。この論理を、ラクー＝ラバルトは「双曲線の論理」と呼ぶ。ヘルダーリンは、神との無際限な一体化への欲望を、トランスポール［激情・恍惚］と名づけているが、神との無際限な一体化がヒュブリスとして浄化されねばならない以上、このトランスポールは挫折せざるをえず、空振りに終わり「空虚」なトランスポールとなる。それは「悲劇的」である。しかし、双曲線の論理にもとづいて考えればわかるように、このような悲劇を引き受けること、つまり無際限の分離に従うことが、実は神への愛であり、忠実さである。言いかえれば、神の無際限の分離を、つまり神が欠如することをそれとして受け入れること、要するに「欠-神性」がわれわれのあり方であり、われわれに課せられた「エートス」なのである。

以上をもう一度はじめから整理しておこう。神との一体化の欲望が働く。しかし、この一体化の欲望はヒュブリスであるから、制限されねばならない。欲望がこのように自己を制限するのは、人間化されないもののための余地をつくり、こうして欲望が自己を超えてそれを愛することができるようにするためである。欲望は自己制限することで、自己を超えて、自己化しえないものを愛するのである。その意味で、ここで求められているのは、たんなる諦念ではない。欲望は働かせつづけねばならない。しかしそれは、欲望が自分の求めているものに到達しうるためではなくて、それが決して到達しえないもの、すなわち決して自己化しえないもののためなのである。このようにして、自己化の、ひいては再自己所有化の欲望は制限され、自己化も再自己所有化もされえないものに対して余地が与えられる。あるいはもっと詳しく言えば、以上のようにして、再自己所有化されえないものに対して余地が与えられ、そしてそれとともに、自己の在るべき場所も定められるのである。欲望は自己制限することで、自己の居場所とともに、自己化しえないもののための在りかをつくりだすのだ。別言すれば、それは、自己であるためには、自己のうちに、自己とは異質なものを孕み、そしてこの異質なものとの〈関係〉のなかで存在せねばならないのである。この〈関係〉が、ヘルダーリンの言う「媒介」あるいは「媒介性」の「掟」であり、彼の悲劇論の真髄である。

このように、ヘルダーリンの悲劇論では、自己の制限は、自己化されえないものに対して余地をつくるためにおこなわれる。これに対して、再自己所有化にもとづくアリストテレスの悲劇論では、欲望はたしかに自己の制限をおこなうが、しかしこれはあくまでも最終的に、自己の制限という否定を経由して、つまり（小さな）自己を制限して、（大きな）自己を確立するためである。ここでは、自己に異質なものは最終的に、この（大きな）自己に包摂されてしまうのである。これがアリストテレスの悲劇論とヘルダーリンのそれとの違いである。

### Ⅱ―1　ミメーシス、マテーシス、ハマルティアー／ヒュブリス

この違いにもとづいて、ミメーシス、カタルシス等をめぐる解釈の異同を考えてみよう。アリストテレスは、ミメーシスを、虚構を通じて本質・真理を呈示することと理解していた。しかし虚構を通じて呈示される真理は、本当に真理なのだろうか。これは、ヘルダーリンが『エンペドクレス』からソフォクレスの翻訳へと移行するさいに直面し格闘せざるをえなかった問いである。まず、先にも述べたように、人間が捉えることのできる真理は、「人間化」された真理にすぎず、これでは真理や神に対する「冒瀆」となってしまう。また、真理が虚構を通じて呈示される以上、ここで捉えられたと思われた真理には、いつも虚構が、つまり「嘘」が入り混じらざるをえない。したがって、この嘘は早晩、真理の土台を掘り崩してしまうであろう。われわれは、いつも真理のみせかけ・虚構を、真理の（呈示・現前ではなく）代理・再現前にすぎないものを追いつづけるだけであって、どこまで行っても真理には到達しない。真理は逃れ去る。したがって、真理を、虚構を通じて再現しようとするミメーシスは、真理を呈示しているというよりもむしろ（あるいはそれと同時に）、真理が捉えられないことを、つまり真理が絶対的に欠如していることを「呈示」しているのだと言わねばならないであろう。[★20]

ハマルティアーは、アリストテレスでは、（小さな）知の崩壊から（大きな）知へのターニ

ングポイントであったが、これに対してヘルダーリンでは、ハマルティアーは（小さな）真理の崩壊の指標であるだけでなく、そもそも真理そのもの（あるいは神）が崩壊し、失われ還って来ないということの、それらは絶対的に欠如しているのだということの認識へのターニングポイントとなるのだ。そしてこの欠如の認識が、ヘルダーリン的な意味での悲劇の学《マテーシス》びなのである。この欠如の認識を隠蔽し、神（真理）との一体化を図ろうとするならば、それは、欠如する神の「意向」を蔑するヒュブリスとなってしまうだろう。このようなわけで、ヘルダーリンにとってはハマルティアーよりもむしろ、ヒュブリスを警戒することの方が重要な課題となる。

「メタフラシス（翻訳）」についても、ミメーシスと事態は同じである。翻訳は一般に、原典があって、それを（他の言語で）再現することと考えられている。しかし、ヘルダーリン的に考えるならば、「原典」そのものがすでに真理を呈示しているのではなく、真理の欠如を「呈示」していることになる。★21 したがって、このような「原典」を翻訳するということは、真理の欠如したテクストの連鎖を反復し伝達していくことにほかならない。しかしこれは、真理や意味が単純に不必要であるとか、それらを破壊すれば良いといったことを言わんとしているのではない。そうではなくてその言わんとするところは、真理や意味が根底的に欠如していることによって、かえって従来の真理や意味に牛耳られない新たな真理や意味が産み出されつづけることが可能になるということである。これが、翻訳による文化の移植が、時間的な繋がりにおいても、そしてまた空間的な広がりにおいても展開している事態であり、さらには、のちに言及するように歴史の過程でもあるのだ。

また、「演劇」について言及しておくならば、演劇の語源 theáomai は、哲学の最重要タームのひとつテオーリア［観照］theoría と同系の言葉である。ガダマーによれば、「ギリシア語のテオーリアの本来の概念には〔……〕神聖な合一（sakrale Kommunion）ということが基本となっている」[★22]。したがって哲学のテオーリアは、神との神聖な合一ということを含意しており、哲学は、神の現われを観照し、神との一体化に参与しようとする演劇であると言って良いだろう。しかし、ヘルダーリンを読んだあとには、この哲学という演劇は実は、悲劇であることに、つまり神の分離・離脱・遠ざかりを「眺める」演劇であることに気づかされるのである。これは、盲いた予言者テイレシアス、そしてみずからの眼をえぐったオイディプスにふさわしい盲目の演劇である。それは、理性の光と明証性によっては囲い込まれきれないものに「眼」を開いているのだ。

## II—2　カタルシス

アリストテレスの理解するカタルシスは、パトスという苦悩に充ちた分裂を経由することで（大きな）真理を獲得する「よろこび《ヘードネー》」であった。この過程で、（大きな）真理獲得の障壁である分裂は最終的に「排除」され、「無際限の一体化」が達せられるのであった。これに対して、ヘルダーリン的カタルシスでは、むしろこの（大きな）真理・「無際限の一体化」は、それが達せられた瞬間に「浄化」される。つまり、無際限の一体化によって一体化されるべきであった神は、欠如したままにしておかねばならないのだ。「比類なき欠－神論」。悲劇は神の遠ざかりに立ち会う「哀悼劇」でなければならないのである。アリストテレスではパトスの苦悩・分裂が一体化によって解消されることがカタルシスであったが、ヘルダーリンでは逆に、一体化への執着あるいはこの執着によって生じる苦悩が取り除かれ、神と人間が分離されることが、苦悩の浄化であり、パトスのカタルシスなのである。

しかしもしそうだとすれば、ヘルダーリンにおいては悲劇の「よろこび」といったものはもはや望むべくもないのだろうか。われわれは神から見捨てられるにすぎないのだろうか。この点について、ラクー＝ラバルトは本訳書では立ち入って言及していないように思われる。けれども、不実の忠実という双曲線の論理にしたがって考えれば次のように言えるであろう。神の欠如に従うことが神への忠実さであるのだから、それと同様に、神の欠如に苦悩することは神への忠実という「よろこび」であろう、と。言いかえれば、神にせよ真理にせよ、それらは絶対的に到達不可能であり、欠如しているからこそ、つまり秘密、秘儀、神秘でありつづけるからこそ、逆に、われわれを魅了してやまないのである。このようにして浄化されたパトスの苦悩は「よろこび」へと変容する。[★23] このよろこびが、結局のところヘルダーリン的な「カタルシス」であると言えるだろう。パトスはエクスタシス、自己分裂の引き裂きであったが、ここではこの引き裂きの苦悩そのものが「よろこび」でもあるのだ。そしてさらにこの意味でのエクスタシスが、われわれの実存《エグジスタンス》[★24]、つまり生存の姿なのである。

### Ⅲ　ラクー＝ラバルトのそのほかのヘルダーリン論とのコンステラチオーン

本訳書の概観を述べたあとで、ごく簡単に、とりわけラクー＝ラバルトのそのほかのヘルダーリン論との関連を見ておこう。

#### Ⅲ―1　「作り話」

はじめに、ヘルダーリンを直接論じたものではないが、「作り話 (La FABLE)」と題されたラクー＝ラバルトの最初期の論文（一九七〇年）について。その冒頭は、「ここで哲学に対してその『形式』の問いを立てたい。あるいはもっと正確に言えば、哲学に対して以下の疑いを投げかけたい。結局のところ、哲学はいくばくかの文学ではなかったのか？[★25]」で始まる。ここで言われる「文学」は「虚構」の問題であるが、本訳書のヘルダーリン論の用語をもちいるならば、「演劇」あるいは「ミメーシス」と言いかえることができるだろう。この問いは、最初期のこの論文から、現在まで、ラクー＝ラバルトの思考の営みを一貫して貫いているのだ。さらに同論文で、悲劇の問題がすでに言及されていることは特筆すべきであろう。「悲劇が始まる。それゆえ、パロディーが始まる」[★26]と述べられている。「メタフラシス」と「ヘルダーリンの演劇」によれば、悲劇とは、神との一体化が完遂されたと思う瞬間に破綻することであったが、この破綻の動きは、一体化の動きの背面で、いわばパロディーのように、それにぴったりと付き添いながら展開され、最後の瞬間に一体化から離反し、それを破綻に導くのである。したがって、悲劇とはパロディーでもあるのだ。

## Ⅲ—2 「思弁的なるものの休止」

次に、直接ヘルダーリンを論じたほかの論文として「思弁的なるものの休止」（一九七八年）と「ヘルダーリンとギリシア人たち」（一九七九年）に一言言及しておこう[★27]。両論文ともに、「双曲線の論理」を基軸にしてヘルダーリンを読み解いている点は、本訳書のスタンスと同じである。しかし、「思弁的なるものの休止」では、「ヘルダーリンの悲劇解釈にとって根本的なテクストとは、まさに、『アンティゴネー』である」[★28]と言われる。ヘルダーリンによる『ソフォクレスのアンティゴネー』は、「もろもろの悲劇のうちで最もギリシア的な悲劇でありかつ同時に最も近代的な悲劇である」[★29]。つまり、最大の不実が最大の忠実というあの双曲線の論理の振幅が最も如実に現われるのが、最もギリシア的かつ近代的な『アンティゴネー』であるというのだ。これに対して、「メタフラシス」と「ヘルダーリンの演劇」はむしろ、『オイディプス』の方を悲劇の「典型」とみなし、『アンティゴネー』には、弁証法的・思弁的な位置づけを、つまり形而上学的・ヘーゲル的な再自己所有化の論理を一面では超出しているとはいえ、他面では「限界的な仕方ではあるにしても」なお「弁証法的な構造をもっている」という位置づけを与えている。（さらに「思弁的なるものの休止」では、『僭主オイディプス』ではなく、『オイディプス王』という題名がもちいられている。）これらは、ラクー＝ラバルト自身が『メタフラシス』への「序文」で言及している「アプローチ」の「変化」に属する事柄であろう。それにしてもこの変化の意味は何なのだろうか。確言はできないが、理由のひとつとして、ラクー＝ラバルト自身が指摘しているように、アンティゴネーと違ってオイディプスは死なないということが挙げられるのではないだろうか。要するに、ごく図式的に述べれば、「メタフラシス」執筆期のラクー＝ラバルトの視点は、生を超過するものからむしろ、そしてより多く、死と生との「媒介性」へと重心ないしはニュアンスを移動させていると言えるのかもしれない。★30いずれにせよ、これは今後の検討に委ねたい。

Ⅲ―3　「ヘルダーリンとギリシア人たち」

「ヘルダーリンとギリシア人たち」は「歴史」の問題を取りあげている。「〔古代的なものと近代的なものという〕この緊張は、固有なものと非固有なもの、『生国の (nationel) もの』と『外国のもの』というカテゴリーのもとで見られている。しかし堅固な掟――運命――がこの緊張を支配している。すべての文化（すべての国民ないし民族、すなわちすべての言語共同体ないし記憶共同体）が、自分そのものを我がものにし（s'approprier）、自分のもとに回帰することができるのは――というよりもむしろ、自分へと至り、自分に到達し自分を確立することができるのは――、あらかじめ自分の他性ないし異質性の体験を経ているという条件においてにほかならない。はじめに自分を非所有化（déproprier）しているという条件においてにほかならないのだ。つまり、非所有化（差異）が根源的であって、所有化は〔……〕その『結果』なのである」[★31]。固有なものには非固有なものが「先行」する。それゆえ、ギリシア固有の文化、ドイツ固有の文化（あるいは日本独自の文化）といったものは、その内部に必ず固有でない部分を孕んでいる。なんらかの文化の形成には、こうしたその文化に非固有で、その文化に囲い込まれきれない要素が付きものなのだ――同様に、「民主主義」も、それがユニラテラルな形態で囲い込みを行使し機能不全に陥らないためには、非固有の要素にたえずオープンでなければならないだろう。固有のものは自己を制限することによって、非固有なもの、異質なものに余地をつくらねばならないのである。（固有なものに「先行する」非固有なものをラクー＝ラバルトがヘルダーリンに読みとるのは、おもにハイデガーの「あれほどにも痛ましい国粋主義的な」[★32]ヘルダーリン読解に対抗するためである。）

ある枠には囲い込まれきれない、異質な、新しいものにたいして余地をつくること――このことによって、新たなものが産み出されることが可能になる。こうして「歴史」が形作られるのである。この意味で歴史は、「メタフラシス」が言うように、それ以前の意味づけには囲い込まれない新たな意味を産出する「革命」であり、そしてこうした産出のためにも、意味は根底的に「無意味」であり、「欠如」していなければならないのである。

ラクー＝ラバルトは、ベンヤミンが「フリードリヒ・ヘルダーリンの二つの詩作品」で取り上げたモチーフ「神聖にして冷徹（heilig nüchtern）」を、ベンヤミンを超過する形で練り上げなおしている。★33 ラクー＝ラバルトの考えを多少自由に敷衍するならば、「神聖にして冷徹」とは、神的なものに帰依しながらも、醒めて理性的であることであるが、これは要するに、神に忠実でありつつ不実であるというあの「双曲線の論理」以外のなにものでもない。言いかえれば、「神聖にして冷徹」は、神／理性、宗教／啓蒙、古代（中世）／近代といった対立図式を超過して、現代が引き受けるべきあり方を、つまり現代の「現代性《モデルニテ》」を提示しているのだ。この現代性は、ラクー＝ラバルトが「序文」の末尾で語っているように、「いまだにそして相変わらず『未決の』まま」である。神の欠如を引き受けねばならない「現代性」――しかし根源的にそうでなかった「幸福な」時代などあるのだろうか――は、未決の、自己を確定しきれない時代なのである。しかしこれはたんなる優柔不断といった意味ではない。現代性はたえず自分を捜し求め、自分になろうとしつづけているのであり、その意味でそれは、新しいもの、異質なものをたえず迎え入れようとするオープン性なのである。

「神聖にして冷徹」であることによって、われわれは、神を通じて理性の自己制限をおこなうことができる一方で、神の欠如を通じて、現前する神をも制限することができる。もっと具体的に言えば、このようにして、人間中心の啓蒙主義を抑制する可能性が生まれるとともに、宗教的原理主義に対しても警戒が可能になるのだ。このような考え方がぜひとも必要であり、そして有益でもあることは、先端サイエンス・テクノロジーにもとづきながら、キリスト教原理主義的十字軍を遠征させるアメリカ流の理性／宗教の「止揚」がどのような影響をもたらしているかを少しでも思い浮かべてみるならば、首肯されうるであろう。「神聖にして冷徹」は、理性／宗教の「止揚」を模倣しているようでいて、それを裏切る「悲劇」という「パロディー」なのである。

## IV　ハイデガー問題について——「『ヘルダーリン詩集』への序文」をめぐって

「『詩集』への序文」[★34]でラクー＝ラバルトは、ハイデガーのヘルダーリン解釈を、アドルノのそれと対比させながら、両者の共通の問題点（「狙いの共通性」）を指摘しているが、ここでは最後にハイデガーの解釈が提起する問題点を考えてみよう。『帰郷』の解明の一節では次のように言われている。「なるほど聖なるものは現出する。しかし、神は遠くにとどまっている。宝が貯えられたままでいる時代は、すなわち神の不在の時代である。〔……〕宝は貯えられたものとして近くにあるのだから、天上の者たちの近づきによって、不在の神が挨拶するのである。それゆえに神の不在（Fehl）は決してその欠如（Mangel）ではない」[★35]。ハイデガーによればヘルダーリンは、神はいったんは死に、欠如してしまったことを認めながらも、その神が不在という形で、われわれの近くにあること、われわれのもとに現前していることを歌っているというのである。つまり、ハイデガーのヘルダーリン読解は、失われたものが還ってくるという典型的な再自己所有化の論理に磁化されているのである。この論理はハイデガーのヘルダーリン読解だけに見られるものではなく、彼の思考のパターンそのものに通底しているといっても過言ではない。神は伝統的に、あらゆるものを支える底と考えられているが、この底が底無しの無底であることが暴かれてしまったとき、今度は底の無さ＝神の無さが、かえって底＝神になるのである。

底の無さがかえって底になるという反転図式を古東哲明はこう説明している。「たとえばビンの底をお考えいただきたい。いうまでもなくビンの底は、ビン全体をささえる土台である。だが土台をなすビンの底それ自体に、底はないはずだ。もしかりに、ビンの底のさらに下か内部かどこかに、ビンの底をささえる〈さらなる底〉があるとしたら、そのさらなる底がほんとうの底になり、もはやビンの底は、底とはいえなくなるからだ。だからもし、なにかが底（根拠）をなすものなら、その底それ自体は底無し（無根拠）でなければ、論理的にも、事実としても、おかしいことになる」[★36]。底は、底なしになることで、かえって底となること、この論理が「存在」の「脱去《エントアイクニス》」における「性起《エルアイクニス》」と言われているものであり、ハイデガー哲学のアルファでありオメガである。この論理にしたがって、いったん失われたはずの「存在」が回帰しうるのである。

ハイデガー思想に通底するこうした回帰の論理、再自己所有化の論理は、ラクー＝ラバルトが「原-ファシズム (archi-fascisme)」と呼んでいるものに直結しているのであり、「ハイデガーが『現実のファシズム』に反対しておこなった言説は、実際には、ファシズムの**真理**を解放するということ以外にはなんらの野望ももってはいなかった」のである。[★37]なぜなら、再自己所有化とは、すべてを自己に回帰させ、帰属させる論理であるかぎり、それは結局、異質な要素の排除にほかならないからであり、異質なものの排除は、ナショナリズムに共通する運動として、ナチズムもこの排除の運動を体現しているからである。「ナチズムとは、ナチ神話、すなわち絶対的主体としての、自己自身であらんとする（自己の）純然たる意志としての、アーリア的類型 (type) なのである」[★38]。それは、アーリア人という主体の、他者を排除した純粋な自己実現の過程であり、純粋で絶対的な再自己所有化なのである。主体が崩壊した地点でハイデガーがナチズムから受け継ぐのは、この再自己所有化なのであり、これが「ファシズムの**真理**」の「解放」[★39]ということなのだ。

## V　最後に

ラクー＝ラバルトも言うように、右で述べたことは、ハイデガーのナチ加担をあげつらってハイデガーを厄介払いしようということを目的としているのではない。むしろハイデガーのナチ問題は、形を変えて現代にも現われているといわねばならない。それは、現代のわれわれ自身が看過することのできない問題なのである。たとえば、ハイデガーの「テクネー」論は、遠ざかり欠如する神の痕跡に、つまり神の不在の現前に呼応すべしという人間の課題を語っている。（このテクネー論も、先ほど言及した「底の無さが、かえって底になる」という論理によって磁化されていることは言うまでもない。）不在の現前はすぐれてヴァーチャル・リアリティ的現象であるが、この現象はいわゆるサイバー・スペースの領域にとどまらず、冒頭でも指摘したように、自己の身体の線引きを揺さぶる移植医療、クローン技術等、バイオ・テクノロジーをも貫流する考え方である。このようなテクノロジー哲学がさらに、昨今、イラク戦争のさいに、さかんに喧伝され、（日本もその一端を担おうとしている）「先制攻撃」容認論という未来の先取り、つまり不在の現前化にもとづく（軍事的）政治形態をも規定していることは明らかであろう。この意味でハイデガーのテクネー論は、その強固なテクノロジー批判にもかかわらず、先端テクノロジーと軌を一にすると言えるだろう。ハイデガーのナチ加担の問題は、形を変えて現代の切迫した問題でもあるのだ。テクノロジーは言うまでもなく、われわれの欲望を充足させるための道具、というかこの欲望の現われそのもの、すなわち再自己所有化であるといっても過言ではなかろう。とはいえ、われわれはこのようなテクノロジーのただなかで、そしてそれとともに生きていかなければならない。そのためには、テクノロジーを、それが再自己所有化を絶対化しようとするかぎりでは、自己制限させ、再自己所有化の枠には収まりきらない「異質性」に対してオープンなものに変形していく必要がある。言いかえれば、不在の現前《ヴァーチャル・リアリティ》は、再自己所有化の図式に収まりきらずに、不在の神の、欠如する神の「裏切り」を、つまり再自己所有化の中断を内包していることを暴きだし、そしてそうすることによって異質性を「歓待」しうるようなテクノロジーを模索せねばならない。このようにして、テクノロジーの欲望は、みずからの再自己所有化の欲望を働かせつづけながらも、同時に異質なものへとオープンにされる可能性が開かれうるであろう。もし問題がいつも結局のところ、何が「幸福」なのかに、つまり再自己所有化の欲望と異質性へのオープン性とをどのように折り合わせていくべきかに帰着するのであれば、この場合にもやはり、(オイディプスの) 悲劇が与える真の充足としての「よろこび《ヘードネー》」からわれわれが「学ぶ《マテーシス》」べきものは多々あるのではなかろうか。[★40]

註

★1――渡邊二郎『芸術の哲学』ちくま学芸文庫、一九九八年、一〇〇頁。以下、アリストテレスの悲劇論にかんしては同書を参考にした。
★2——アリストテレスとプラトンの芸術論の相違については渡邊、前掲書を参照されたい。
★3——『ギリシア悲劇II　ソポクレス』呉茂一・高津春繁ほか訳、ちくま文庫、一九八六年所収の高津春繁による「解説」（五五四頁）。
★4——Jacques Derrida + John D. Caputo, *Deconstruction in a nutshell*, Fordham UP, New York, p. 18.〔ジャック・デリダ＋ジョン・D・カプート『脱構築を一言で（仮）』高橋透ほか訳、法政大学出版局より近刊予定〕
★5——『エンペドクレス』までのヘルダーリンもこうした悲劇論を主張していたわけである。
★6——アリストテレス『詩学』第四章、1448b, 5-14. なお、引用にあたっては、『アリストテレース・詩学／ホラーティウス・詩論』松本仁助・岡道男訳、岩波文庫、一九九七年の訳を参照した。
★7——渡邊、前掲書、九九頁。
★8——『詩学』第六章、1449b, 27. なお、前掲の岩波文庫版の翻訳では、エレオスは「あわれみ」、フォボスは「おそれ」と訳されている。
★9——Hans-Georg Gadamer: Wahrheit und Methode, Tübingen 1965, S. 124.〔ハンス＝ゲオルグ・ガダマー『真理と方法I』轡田収ほか訳、法政大学出版局、一九八六年、一八八頁〕
★10——páthos は動詞 páscho に由来する。páscho は、poiéo［作る］の受け身形として「人からなんらかの行為を受ける、（感情などを）覚える」を意味する（古川晴風『ギリシャ語辞典』大学書林、一九八九年）。
★11——Gadamer, a. a. O., S. 118.〔ガダマー、前掲書、一八〇頁〕
★12——渡邊、前掲書、九六頁以下。
★13——Gadamer, a. a. O., S. 126.〔ガダマー、前掲書、一九一頁〕
★14——『詩学』第十四章、1453b, 12.
★15——『詩学』第十四章、1453b, 11.
★16——『詩学』（岩波文庫版）第六章、訳註(5)、一四〇頁。
★17——「最大のたのしみ《ヘーディスタ》」は、名詞「よろこび《ヘードネー》」に関連する形容詞の最上級である。
★18——本訳書「ヘルダーリンの演劇」六七頁。
★19——同前、六七頁以下ならびに七五頁を参照。

★20 ————「メタファー（メタポラ）」は、伝統的に真理を比喩で表わすと考えられてきたが、これも、ミメーシスと同様に真理の欠如の「呈示」へと解釈し直される。ラクー＝ラバルトはこれを、「トランスポール」に重ね合わせている。

★21 ————たとえば、多年にわたって編纂されて成立した『聖書』は、それでもやはり神の言葉の「原典」なのだろうか。

★22 ————Gadamer, a. a. O., S. 118.〔ガダマー、前掲書、一八〇頁〕

★23 ————とはいえ、もちろん「再自己所有化」の欲望がいっさい消えてなくなるというのではない。そうではなく、ここでも（厳密に言えば）、再自己所有化とそれを阻む欠如の要素とのあいだの「媒介性」あるいは関係性といったものが重要であることに変わりはない。

★24 ————実存 (existence) も語源的には、エクスタシスと同様に、自分の「外にあること」、「脱我」を意味する。

★25 ————Philippe Lacoue-Labarthe, « La FABLE（Littérature et philosophie）», in *Le sujet de la philosophie. Typographie I*, Paris, Aubier Flammarion, 1979, p. 9.

★26 ————*ibid.*, p. 20.

★27 ————Philippe Lacoue-Labarthe, « La césure du spéculatif », in *L'imitation des modernes. Typographies 2*, Paris, Galilée, 1986, pp. 39-69 et « Hölderlin et les Grecs », *ibid.*, pp. 71-84〔「思弁的なるものの中間休止」「ヘルダーリンとギリシア人」、『近代人の模倣』大西雅一郎訳、みすず書房、二〇〇三年〕。さらに、『政治という虚構』（原著一九八八年）の第五章「句切り〔休止〕(césure)」は、いわばラクー＝ラバルトのヘルダーリン論の俯瞰図である。

★28 ————*ibid.*, p. 52.〔同前、七一頁〕

★29 ————*ibid.*, p. 54.〔同前、七五頁〕

★30 ————ニーチェの地位もこれと関連していると言えるのではないだろうか。「作り話」等の初期の諸論文では、主要参照事項はニーチェであると言っても過言ではないであろうが、のちにニーチェは「同一性への奢追観念」と言われる。つまりニーチェにおける「媒介性」の欠如とは言わないまでも、ある種の不足といったものが指摘されるのである。(Philippe Lacoue-Labarthe et Jean-Luc Nancy, *Le mythe nazi*, La Tour d'Aigues, Éditions de l'Aube, 1991, p. 41.〔フィリップ・ラクー＝ラバルト＋ジャン＝リュック・ナンシー『ナチ神話』守中高明訳、松籟社、二〇〇二年、五二頁〕)

★31 ————Philippe Lacoue-Labarthe, « Hölderlin et les Grecs », in *L'imitation des modernes, op. cit.*, p. 79.〔前掲『近代人の模倣』、一一三―一一四頁〕

★32 ――――Philippe Lacoue-Labarthe, « Il faut », in *Heidegger. La politique du poème*, Paris, Galilée, 2002, p. 105.〔『ハイデガー――詩の政治』西山達也訳、藤原書店、二〇〇三年、一三六頁〕

★33 ――――*ibid.*, pp. 103ff.〔同前、一三四頁以下〕。さらに、Walter Benjamin: Zwei Gedichte von Friedrich Hölderlin. In: Gesammelte Schriften, Bd. II-1, Frankfurt am Main 1977, S. 125〔ヴァルター・ベンヤミン「フリードリヒ・ヘルダーリンの二つの詩作品」、『ドイツ・ロマン主義における芸術批評の概念』浅井健二郎訳、ちくま学芸文庫、二〇〇一年、三三八頁以下〕を参照。

★34 ――――ヘルダーリンとアドルノをより詳細に論じたものとしては次を参照。Philippe Lacoue-Labarthe, « Il faut », in *Heidegger, op. cit.*, pp. 79-115.〔「ねばならない」、前掲『ハイデガー』所収、九九―一四九頁〕

★35 ――――Martin Heidegger, » Heimkunft «. In: Erläuterungen zu Hölderlins Dichtungen, Bd. 4, Frankfurt am Main 1981, 27f.〔マルティン・ハイデッガー「帰郷」、『ヘルダーリンの詩の解明』手塚富雄ほか訳、理想社、一九五五年、四〇頁〕

★36 ――――古東哲明『ハイデガー＝存在神秘の哲学』講談社現代新書、二〇〇二年、一六二頁。

★37 ――――Philippe Lacoue-Labarthe, « Le courage de la poésie », in *Heidegger, op. cit.*, p. 129.〔「詩作の勇気」、同前『ハイデガー』所収、一六六―一六八頁〕

★38 ――――Philippe Lacoue-Labarthe, *La fiction du politique*, Paris, Christian Bourgois Éditeur, 1987, p. 137.〔『政治という虚構』浅利誠・大谷尚文訳、藤原書店、一九九二年、一七四頁〕

★39 ――――この過程を、「『詩集』への序文」で展開されている、ヘルダーリンを「雷に撃たれた天才」という主体のモデルとみなすロマン派的解釈から、主体の崩壊を経て「非人称的なもの」との関連でヘルダーリン「神話」を読み解くハイデガーのヘルダーリン解釈への道のりに重ね合わせることができる。

★40 ――――最後に、本訳書と関連の深い邦語参考文献を挙げておく。仲正昌樹『〈隠れたる神〉の痕跡――ドイツ近代の成立とヘルダリン』世界書院、二〇〇〇年。同書は、ラクー＝ラバルトの「思弁的なるものの休止」をベースにして、フィヒテ、初期ロマン派、シラー、ヘーゲルを論じつつ、ヘルダーリンとハイデガー、さらにアドルノを扱った意欲作である。

# 訳者あとがき

本書は、Philippe Lacoue-Labarthe, *Métaphrasis* suivi de *Le théâtre de Hölderlin*, Paris, Presses Universitaires de France, 1998 の全訳、および Friedrich Hölderlin, *Hymnes, Élégies et autres poèmes*, Paris, Flammarion, 1983 所収の Philippe Lacoue-Labarthe, « Introduction » の部分の全訳である。

著者のラクー＝ラバルトについては、すでに数冊翻訳が出版されているので、紹介にはおよばないであろう。『メタフラシス』以降に出版されたおもな書籍を列挙しておくにとどめたい。

*Phrase*. Christian Bourgois Éditeur, 2000.

*Poétique de l'histoire*, Galilée, 2002.

*Heidegger. La politique du poème*, Galilée, 2002.〔邦訳、『ハイデガー――詩の政治』西山達也訳、藤原書店、二〇〇三年。〕

翻訳に当たっては、「ヘルダーリンの演劇」を吉田が担当し、それ以外のものは高橋が担当し、最終的に、高橋が全体の調整に当たった。したがって、最終的な翻訳責任は、高橋にある。なお、ヘルダーリンの邦訳をはじめ、各種邦訳を参照させていただいた。訳者の方々には、この場を借りて、お礼を申し上げます。またドイツ語については、原則としてラクー＝ラバルトのフランス語原文をもとに翻訳した。訳者（高橋）の遅々たる作業のため、出版が遅れたことを関係各方面にお詫びいたします。

最後になりましたが、翻訳への道を開いて下さった東京大学・臼井隆一郎先生、未來社をご紹介いただいた東京大学・小林康夫先生、さらに、訳者の愚問に親切にお答えいただいた方々、そしてお忙しいなか訳文全体に目を通していただいて貴重なご意見を賜った防衛大学・荒井潔氏、それから、訳者を辛抱強く見守ってくださった未來社社長西谷能英氏と編集部の中村大吾氏、これらの方々に心より感謝いたします。

二〇〇三年六月三〇日

訳者を代表して
高橋 透

## ■訳者紹介

**高橋透**（たかはし・とおる）

一九六三年東京都生まれ。

早稲田大学大学院文学研究科ドイツ文学専攻後期博士課程満期退学。

現在、早稲田大学文学部助教授。

主要論文に「他者としての神、他者としての自然」（『現代思想』一九九九年五月増刊号）、"'Life is Death; Death is Life'. Hideaki Sena's *Parasite Eve* and *Brain Valley*" (*Waseda Journal of Asian Studies*, vol. 24, 2003) など。

訳書に、ジョン・D・カプート『脱構築を一言で（仮）』（共訳、法政大学出版局より近刊）。

**吉田はるみ**（よしだ・はるみ）
青山学院大学フランス語学・文学学科博士課程前期卒業。フランス・ストラスブール大学哲学科DEA取得。
現在、フランス語翻訳者。
訳書に、ジャン＝リュック・ナンシー『世界の創造あるいは世界化』（共訳、現代企画室より近刊）。

【ポイエーシス叢書51】

メタフラシス——ヘルダーリンの演劇

二〇〇三年一〇月一〇日　初版第一刷発行

定価……………………本体一八〇〇円＋税

著者……………………フィリップ・ラクー＝ラバルト

訳者……………………高橋透・吉田はるみ

発行所…………………株式会社　未來社
東京都文京区小石川三―七―二
振替〇〇一七〇―三―八七三八五
電話（03）3814-5521（代）
http://www.miraisha.co.jp/
Email:info@miraisha.co.jp

発行者…………………西谷能英

印刷・製本……………萩原印刷

ISBN4-624-93251-X C0310

## ポイエーシス叢書より

（消費税別）

☆は近刊

1 起源と根源　カフカ・ベンヤミン・ハイデガー　小林康夫著　二八〇〇円

2 未完のポリフォニー　バフチンとロシア・アヴァンギャルド　桑野隆著　二八〇〇円

5 知識人の裏切り　ジュリアン・バンダ著／宇京賴三訳　二八〇〇円

8 無益にして不確実なるデカルト　ジャン＝フランソワ・ルヴェル著／飯塚勝久訳　一八〇〇円

9 タブローの解体　ゲーテ「親和力」を読む　水田恭平著　二五〇〇円

10 余分な人間　『収容所群島』をめぐる考察　クロード・ルフォール著／宇京賴三訳　二八〇〇円

11 本来性という隠語　ドイツ的なイデオロギーについて　テオドール・W・アドルノ著／笠原賢介訳　二五〇〇円

12 他者と共同体　湯浅博雄著　三五〇〇円

13 境界の思考　ジャベス・デリダ・ランボー　鈴村和成著　三五〇〇円

16 ニュー・クリティシズム以後の批評理論（上）　フランク・レントリッキア著／村山淳彦・福士久夫訳　四八〇〇円

17 ニュー・クリティシズム以後の批評理論（下）　フランク・レントリッキア著／村山淳彦・福士久夫訳　三八〇〇円

18 フィギュール　ジェラール・ジュネット著／平岡篤頼・松崎芳隆訳　三八〇〇円

20 ジェイムスン、アルチュセール、マルクス　『政治的無意識』入門講座　ウィリアム・C・ダウリング著／辻麻子訳　二五〇〇円

22 歴史家と母たち　カルロ・ギンズブルグ論　上村忠男著　二八〇〇円

23 アウシュヴィッツと表象の限界　ソール・フリードランダー編／上村忠男・小沢弘明・岩崎稔訳　三二〇〇円

26 ガーダマーとの対話　解釈学・美学・実践哲学　ハンス＝ゲオルク・ガーダマー著／カルステン・ドゥット編／巻田悦郎訳　一八〇〇円

27 インファンス読解　ジャン＝フランソワ・リオタール著／小林康夫・竹森佳史ほか訳　二五〇〇円

28 身体　光と闇　石光泰夫著　三五〇〇円

29 マルティン・ハイデガー　伝記への途上で　フーゴ・オット著／北川東子・藤澤賢一郎・忽那敬三訳　五八〇〇円

31 ガーダマー自伝　哲学修業時代　ハンス＝ゲオルク・ガーダマー著／中村志朗訳　三五〇〇円

32 虚構の音楽　ワーグナーのフィギュール　フィリップ・ラクー＝ラバルト著／谷口博史訳　三三〇〇円

33 ヘテロトピアの思考　上村忠男著　二八〇〇円

34 夢と幻惑　ドイツ史とナチズムのドラマ　フリッツ・スターン著／檜山雅人訳　三八〇〇円

35 反復論序説　湯浅博雄著　二八〇〇円

36 経験としての詩　ツェラン・ヘルダーリン・ハイデガー　フィリップ・ラクー＝ラバルト著／谷口博史訳　二九〇〇円

38 啓蒙のイロニー　ハーバーマスをめぐる論争史　矢代梓著　二六〇〇円

42 イメージのなかのヒトラー　アルヴィン・H・ローゼンフェルド著／金井和子訳　二四〇〇円

43 自由の経験　ジャン＝リュック・ナンシー著／澤田直訳　二八〇〇円

45 滞留［付／モーリス・ブランショ「私の死の瞬間」］　ジャック・デリダ著／湯浅博雄監訳　二〇〇〇円

46 パッション　ジャック・デリダ著／湯浅博雄訳　一八〇〇円

47 デリダと肯定の思考　カトリーヌ・マラブー編／高橋哲哉・増田一夫・高桑和巳監訳　四八〇〇円

48 接触と領有　ラテンアメリカにおける言説の政治　林みどり著　二四〇〇円

49 超越と横断　言説のヘテロトピアへ　上村忠男著　二八〇〇円

50 移動の時代　旅からディアスポラへ　カレン・カプラン著／村山淳彦訳　三五〇〇円

☆コーラ　ジャック・デリダ著／守中高明訳

☆名前を救う　ジャック・デリダ著／小林康夫訳

☆宗教について　ジャック・デリダ、ジャンニ・ヴァッティモ編著／湯浅博雄・廣瀬浩司訳

本書の関連書

〔新装版〕ドイツ・ロマン派　ハインリヒ・ハイネ著／山崎章甫訳　二五〇〇円

クライスト序説　現代文学の開拓者　中村志朗著　二八〇〇円

ハイデッガー　乏しき時代の思索者　カール・レヴィット著／杉田泰一・岡崎英輔訳　一六〇〇円

パウル・ツェラーン　若き日の伝記　イスラエル・ハルフェン著／相原勝・北彰訳　三五〇〇円

ツェラーンもしくは狂気のフローラ　抒情詩のアレゴレーゼ　平野嘉彦著　二八〇〇円

ドイツ精神の近代　矢代梓著　二八〇〇円

望みのときに　モーリス・ブランショ著／谷口博史訳　一八〇〇円

表象の光学　小林康夫著　二八〇〇円